書下ろし

気まぐれ用心棒　深川日記

聖 龍人

祥伝社文庫

目次

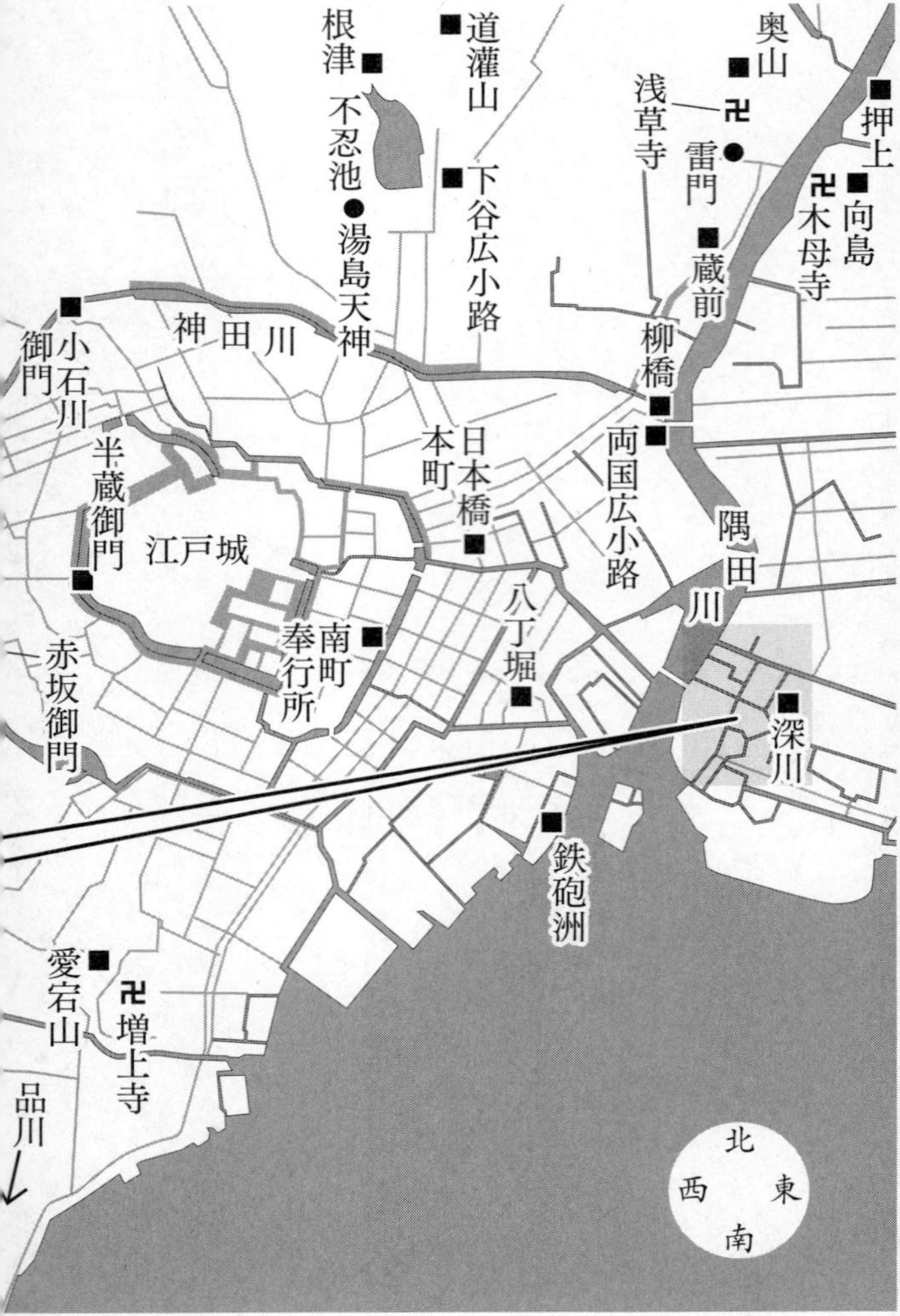

奥山
押上
浅草寺
雷門
道灌山
根津
不忍池
湯島天神
下谷広小路
向島
木母寺
蔵前
柳橋
両国広小路
神田川
小石川御門
半蔵御門
江戸城
日本橋
本町
隅田川
南町奉行所
八丁堀
赤坂御門
深川
鉄砲洲
愛宕山
増上寺
品川
北
西
東
南

「気まぐれ用心棒深川日記」の舞台

第一話　横恋慕

一

文政《ぶんせい》十年（一八二七）の春弥生《やよい》。

花見にはまだ早く風も薄ら寒いなか、両国《りょうごく》の盛り場を歩く浪人がいた。銀鼠《ぎんねず》の着流しは長年の風雨に晒《さら》されたか、襟《えり》はぼろぼろ、裾《すそ》も擦り切れている。だが、腰に差している二本だけはていねいに手入れされているようで、柄《つか》から鍔《つば》にかけて、春の淡い光のなかに輝いて見えた。

男のそばを通り過ぎる者たちは一様に鼻をつまむ。

臭いのだ。

どのくらい湯浴《ゆあ》みをしていないのか……。

顔は髭《ひげ》だらけ。月代《さかやき》もぼうぼうというていたらく。どこの田舎者《いなか》だ、という顔で法被《はっぴ》を着た職人や、供《とも》を連れた若い娘などがさげすみの目で浪人を見るが、そんなことは一向に気にする風ではない。

男の名は秋森伸十郎《あきもりしんじゅうろう》といった。

伸十郎は、蛇女《へびおんな》を描いた芝居小屋の看板や、お手玉のように数本の出刃包丁を空中に投げながら、器用に受け取る大道芸人の姿を見つめ、ときどき立ち止まる。

その周りから人の輪が離れるのは、やはり臭いからだろう。

そんなことを繰り返しながら、歩き続けていると、前方から女が走ってきて、仲十郎にぶつかった。きつねのような目が特徴的な女だ。謝るかと思ったら、

「お助けください。追われております」

後ろを指差した。

仲十郎が振り返った瞬間、女は逃げ出そうとした。

だが、女は右手を摑《つか》まれて動けない。

必死に振り払おうともがくが、それほどがっちり摑まれているとは思えないのに、はずすことができないようだ。

女がなおも体を揺すっていると、

「袂《たもと》から掏《す》ったものを返してもらおうか」

「…………」

「瞬時に懐から探り取った腕だけは褒《ほ》めよう……」

「な、なんのことです」

「往生際が悪いと怪我《けが》をするぞ」

ぼうぼうの髭にうずまっているため、表情ははっきりしないが、濃い眉毛《まゆげ》と目が笑っていることだけはわかった。

女は、素早く周りを見回した。誰か仲間がいるような仕草を見せたが、すぐ、頭を下げた。

「申し訳ありません。出来心です」

「……出来心」

「はい。お見逃しを」

「出来心にしては、鮮《あざ》やかだったが」

「お見逃しを……」

「追われているというのは？」

「…………」

「嘘か」

「いえ……」

「よい、行け」

あっさり手を放されて女は仲十郎の顔を見つめた。

怒っている様子はない。

「ありがとうございます」

袂から紙入れを取り出して、返す。

「あの……」

なおも謝ろうとしたのか、声をかけてきたが、

「よい」

仲十郎はすたすたと女から離れていった。

女は変わったお侍だ、とひとりごちて握られた手首を見る。痕《あと》がついているわけでもない。首を傾けて仲十郎の後ろ姿を眺めていた。

仲十郎はなにごともなかったように、両国の通りをふたたびふらふらと歩き続ける。

遠くに見える回向院《えこういん》の黒い屋根が、陽光に反射して光っていた。

こんな時期に墓参に行くのか、老夫婦がお互いの手を引いて歩く姿が見える。

そんな人混みのなかから、さきほどとは別の女が仲十郎に向かって走ってきた。

仲十郎はまたかと苦笑いをして立ち止まった。

案《あん》の定《じょう》、女がぶつかってきた。

女は必死な目つきで、

「お助けください」

と伸十郎にすがりついた。

さっきの女掏摸《すり》とは異なり、お店者《たなもの》なのだろうか、新造《しんぞ》風に見える。黒っぽい小袖。こぶしの花柄が描かれた裾が翻《ひるがえ》っている。ふっくらした頬に丸い目は美しいが、鼻筋が通って気が強そうである。

その顔が熱っぽい目で伸十郎に助けを乞うていた。

女が走ってきた方向から、数人の荒くれ者たちがどたどたと荒っぽい足音を立てながら近付いて来て、伸十郎の前で止まった。先頭の男が、口をへの字に曲げて女を睨《にら》んでいる。

女は、伸十郎にすがりついて、

「お助けを」

必死に訴えるその目は真剣だった。

伸十郎は、ごろつきたちに視線を向けると、一歩前に出て女をかばうように立ちはだかった。

「な、なんだ、てめぇは！」

月代も髭もぼうぼうの姿がいきなり前に立ったために、追っ手は驚いたらしい。

「邪魔するな！」

先頭に立った骸骨《がいこつ》のような顔をした男がすごんだ。

「…………」

仲十郎は、答えない。

「てめぇ、聞こえねぇのかい」

「聞こえる」

「なんだと？　なめやがって、そこをどけ！」

「…………」

動こうとしない仲十郎に、骸骨の後ろにいた若いにきび面の男が叫んだ。

「誰だい、てめぇは！」

「この女の亭主だ」

「なにぃ？」

骸骨は、虚《きよ》を突かれた顔をする。

「他人の嫁に手を出すのはやめたほうがいい」

「いい加減なことを言いやがって」

骸骨は後ろにいる仲間たちを見て、やっちまえっ！　と叫んだ。

それまで仲十郎の態度にイラついていたにきび面が、骸骨を通り越して仲十郎に飛びかかってきた。それをあっさりと躱《かわ》して、

「やめておいたほうがいいぞ」

仲十郎の目が笑った。

にきび面はたたらを踏んで睨みつけてきた。仲十郎が髭面なだけに表情がはっきり窺《うかが》えない。そのため馬鹿にされた雰囲気をよけいに感じるのだろう、にきび面は、この野郎と叫んでふたたび飛び込んできた。

仲十郎がひょいとそれを避けると、にきび面はもう一度その場にひっくり返ってしまった。

骸骨はそれを見て、目をむいた。

「てめぇ……」

懐に手を伸ばした。匕首《あいくち》が見えた。だが、すぐ相手が侍と思い直したのか手を放し、急にへらへら顔になると、腰を丸めて愛想笑いを始めた。

「へっへへ。お侍さん……女を返してもらえませんかねぇ」

「嫌だなぁ」

「……そんなことを言われるとこちとらが困るんでさぁ」

仲十郎はじっとして動かない。

「その女は借金をこさえたまま、返してくれねぇんでさぁ。それでちと話を聞きてぇと思いましてね。それだけのことなんですから……へぇ」

おためごかしの笑みを浮かべた骸骨が近づこうとするのを仲十郎は制して、女を見つめた。女は、背筋を伸ばして答える。

「冗談じゃありませんよ。お借りした分はしっかり返し終わっています」

「ほう……」

仲十郎は、骸骨に視線を戻して、

「そういうわけだから、お前たちに用はないらしい」

骸骨は、ちっと舌打ちをする。

仲十郎の人を食った態度に骸骨はさらに怒りを増したらしい。とうとう匕首を取り出した。

「野郎！　侍だと思って下手《したて》に出てれば甘く見やがって！」

「甘くなど見てはおらぬぞ」

骸骨顔は痺《しび》れを切らしたか、匕首を腰に当てて仲十郎めがけて向かってくる。

「おっと……」

あっさりとよけた伸十郎は、ぽんと片手を前に出した。

たったそれだけで、骸骨はうずくまってしまった。本人もなにをされたのか気がついていないのではないかと思えるほど鮮やかな手練《てだれ》であった。骸骨男は痛みをこらえるような呻《うめ》き声をあげている。

「まだ、やるかな？」

睨むとも笑うとも判断のつかない表情で声をかけられたごろつきたちは、いっせいに逃げ始めた。伸十郎は後ろから、

「骸骨男を忘れておるぞ！」

笑いながら、声をかけた。

それまでやじ馬のひとりと思えた、頰に傷のある侍も一緒にきびすを返した。その浪人も仲間だったらしい。

ごろつきたちの姿が消えると、女はていねいにおじぎをした。

「ありがとうございました。私は、三十三間堂《さんじゅうさんげんどう》のそばで絹織物を扱う青葉屋《あおば》という店を営む登志《とし》と申します」

「何者だ、やつらは？」

「金貸しやら、米問屋、薪《たきぎ》屋など手広く商売をしている、近江《おうみ》屋久右衛門《きゅうえもん》の手の者でしょう」

「近江屋……」

「はい」

「金を借りているのか」

「借金の話など口実です……」

「口実とは？」

「それは……」

「近江屋が懸想《けそう》をしておるということだな？　それにしても無理やりお前を連れ去ろうとするとは無法な話だが」

「私が色よい返事をしないのでじれて、力に訴えたのでございましょう」

「そんな乱暴者なのか、近江屋という男は」

「表の顔は大店《おおだな》の旦那としての威厳《いげん》を保ち、にこにこしてますが、裏では悪いことをやりそうな男です」

お登志は、心底毛嫌いの声音で答えた。

「ところでお侍様……お住まいはどちらです？　お見受けしたところ旅帰りという風《ふ》

情《ぜい》でございますが？」

くりっとした目が悪戯《いたずら》っ子のように見つめている。

ふむ、と頷《うなず》いた仲十郎に向けて、女は手を鼻に当ててさらに言葉を続けた。

「少々、臭います。まずはその旅の垢《あか》など落としたらいかがでしょう？　よろしければ私の家で……」

「……そうか」

仲十郎は、目を落として自分の体を見回しながら、

「よろしく頼む」

かすかに頭を下げて、口を曲げた。照れ笑いをしたらしい。

二

青葉屋は三十三間堂から汐見《しおみ》橋に向かったところにあった。

間口六間の構えは大店とはいえないが、店前には、奥州伊達《おうしゆうだて》家御用達《ごようたし》の看板もあり、黒い破風《はふ》飾りが店構えを威厳のあるものにしている。

先々代の溜右衛門《ためえもん》が創業し、いまでは四十五年を数える。奉公人は番頭に手代がふ

たり、それに小僧がひとり下男がひとり。賄《まかな》いとして女中がふたり。番頭以外はみな住み込みである。

お登志に連れてこられ、いま奥座敷に座っている仲十郎は、見違えるような若侍に変わっていた。湯に入り、髭を剃って月代も見事になっている。髭面のときには気が付かなかったが、睫毛《まつげ》が長い。そのせいか目を伏せると憂《うれ》いを含んだ面立ちに変わり、お登志は思わず息を飲んだ。

借りた團十郎《だんじゅうろう》茶の小袖に着替え、長火鉢の前に座って、お登志の酌《しゃく》を受けているのである。

「なんだか別人ですねぇ」

「……そうか」

「修行の旅からのお帰りと見ましたがいかがです？」

「うむ」

「無口なんですね」

「そのようなことはない」

「なにやら訳ありのようにお見受けもいたしますが」

「そのようなものはない」

「……まぁ、ようございます。ところでお侍さま……まだお名前を聞いておりませんでした」

「秋森伸十郎……」

杯を口に運びながら、にこりと笑った顔は、子どものようだ。

お登志は、おほほと笑みを浮かべて、

「そのお名前は本物？」

「もちろんだ。金打《きんちょう》してもよい」

「まぁ、そんな大げさな」

「疑うほうが悪い」

お登志はまた口に手を当てて、笑いながら酌をする。

「では、伸十郎さま……この店の用心棒になっていただけませんか？」

「用心棒？　それはまた突然な話だ」

「お嫌ですか？」

「私はまだお前のことを知らんぞ」

「あら、それはこちらの台詞《せりふ》ではありませんか？」

「知らぬ同士でむしろうまくいくかな？」

とうとうお登志は声を上げて笑い出した。

「あなたさまには勝てませんねぇ」

「そうか」

はい、と答えると、それではなぜ用心棒になってくれと頼むか、その理由を語りだした。

お登志が青葉屋の女主人となったのは半年前のことである。

それまでは、父親の正右衛門《しょうえもん》が取り仕切っていた。

その頃、お登志に縁談が舞い込んでいた。

相手の名は元次郎《もとじろう》といい、日本橋本町に店をかまえる小間物屋、伊勢秀《いせひで》の若旦那である。

元次郎が深川《ふかがわ》の富岡八幡《とみおかはちまん》にお参りをしたとき、ちょうどお登志もその境内《けいだい》にいたのである。

小僧を連れて歩いているお登志のきびきびした動きや、はっきりした顔立ちに元次郎は一目惚《ぼ》れをした。一緒にいた小僧に尾行させ、お登志の素性を調べさせた。

元次郎は父親の秀三郎《ひでさぶろう》に青葉屋の娘、お登志を妻に娶《めと》りたいと告げた。甘い父親として仲間内でも知られる秀三郎であった。親戚になってお互いもっと店を大きくしようと話を持ちかけてきた。

伊勢秀は小間物屋である。呉服を売る青葉屋と一緒になって商品を生み出せば、それなりにお互い得るものは大きくなる、というのだった。元次郎には兄の健太郎《けんたろう》がいるから婿に入ることになる。

正右衛門に否《いな》やはなかった。店を大きくしようという申し出より、喜んだのは跡取りができることであった。なにしろ、子どもは娘のお登志ひとりだけ。店を継がせるには男手が必要だと考えていたところに、小間物屋としては大店で知られる伊勢秀の次男が婿に入ってくれるというのである。拒否する理由はない。

こうして、話は進んでいったが、やがてお登志の顔から笑顔が消えていった。元次郎は二十四歳。お登志より二つ上である。それでも年下にしか感じなかったからである。買い物をしていても自分では決められず、なんでもお登志に尋ねる。店の将来について問うても的外れな答えしか戻ってこない。どんな家にしたいかという会話も嚙《か》みあわない。

お登志は青葉屋のひとり娘で、幼い頃より父親から店を切り盛りする薫陶《くんとう》を受けていた。そのため気《き》っ風《ぷ》がよく、度胸も持ち合わせるお登志から見たら元次郎は物足りない。

お登志はこの縁談は断りたいと父親に泣きついたのだった。当の本人が嫌がっているのだ、無理矢理進めることは正右衛門としても本意ではない。そこで伊勢秀には断りを入れたのである。

父親の秀三郎としては、簡単に受け入れることはできずにいたが、最後はしょうがないと引き下がった。だが、元次郎はお登志への気持ちを抑えることができなかった。

親同士は破談としたのに、元次郎はなおもお登志を追い掛け回しているのである。

「……それだけで用心棒が必要とは思えぬが」

聞いていた仲十郎が首を傾げる。

「まだあるんです……」

目を見開いて、ふたたびお登志は語り始めた。

じつは青葉屋は近江屋という金貸しに借金をしていたのである。

それが表沙汰にならず、秀三郎の調べにも引っかからずにいれたのは、ひとえに近江屋の主、久右衛門が正右衛門との口約束で都合をつけていたからである。

近江屋がそれほど青葉屋に便宜を図っていたのは、お登志への恋慕からだった。

青葉屋の正右衛門が近江屋から金を借りるに当たっては、理由があった。恩義のある名取屋喜助《なとりやきすけ》を助けようとしたからである。太物《ふともの》を扱う名取屋は、青葉屋と同じく伊達家御用達の店で、青葉屋より早く御用達となっていた。

青葉屋が商いを続ける上で、名取屋は客を紹介してくれたり、伊達家の江戸留守居役との介添え役になってくれたりと、いろいろと便宜を受けていた。

その名取屋が土地の売買の誘いに乗ったところ、詐欺《さぎ》だったのである。それまで商売はうまく進んでいたが、この揉め事がきっかけとなり借金をつくることになったのであった。

正右衛門は日頃の恩義を返そうと、借金の肩代わりをしたのである。そのときに青葉屋だけの力では足りずに、金貸し業をしている近江屋から三百両用立ててくれないかと相談をしたのである。

もう四十歳も近い年齢というのに、お登志に横恋慕している近江屋は、ふたつ返事で一年の約束で三百両を貸した。

利子があっという間に増え続け、どんな計算をしたものか、一年後には五百両を超えていた。

不服を申し立てた正右衛門に対して、

「貸した金はいいから、お登志さんを嫁にほしい」

と近江屋は要求してきたのである。

お登志は父親からその話を聞くと、すぐ伊達家の下屋敷に走った。

なんとか元金の三百両を貸してもらえないかと、用人の飯山軍大夫《いいやまぐんだゆう》に相談したのである。

軍大夫は、青葉屋の災難は伊達家の災難と同じだと、ふたつ返事で無利子無担保で貸してくれた。

軍大夫は返済は金がそろったときでよいと笑ったのだが、

「それはいけません……いくら伊達様のご親切とはいえ、それに甘えていては、そのまま沈んでしまいます。しっかり毎月、十両ずつお返しいたします」

とお登志は手を突いた。その姿を見て、軍大夫は急にまじめな顔になり、

「よかろう。ではそうするがよい……」

そこまで、侍らしい顔つきだったが、すぐ破顔して、

「お登志……お前のほうが父親よりしっかりしておるな」

と告げた……。

「ですから、近江屋に借金はないのです」

お登志は、胸を張った。

その行動の素早さに、正右衛門は自分よりお登志のほうが青葉屋を取り仕切れるのではないか、と笑ったという。

だが、その正右衛門もいまは墓石の下である。

「いつ亡くなったのだ」

仲十郎が目を細めて問う。

「ほんの三月《みつき》前のことです。あるとき、頭が痛いと申しましてそのまま倒れると……いわゆる卒中かと……」

涙を浮かべた。その姿をじっと見つめていた仲十郎は、頬を緩《ゆる》めながら、

「お登志さんは気っ風のよさとやさしさを兼ね備えているらしい」

「そうでしょうか」

「元次郎も近江屋もそんなお登志さんに惚れたのであろうなぁ」

「ありがた迷惑ですけどねぇ」

お登志は濡れた瞼《まぶた》を袂で拭きながら、ようやく笑みを見せる。

「しかし……近江屋には利子が残っているのではないかな」

「そんな無体な利子は返す気はありません。とはいえ、借りたら利子はつきますからね。一年借りたとして、年利一分。その分は返しています。それ以外はいっさい知りませんよ」

「その一分というのはどこからきたのだ」

「……私が決めました。それで文句はないだろうと思いまして」

「面白い人だな、お登志さんは」

「近江屋は納得はしていません。だから先ほどのようなちょっかいを仕掛けてくるのでしょう。それに元次郎もときどき元の鞘《さや》に戻ってくれと泣きついてきます。元の鞘もなにもまだ始まっていなかったというのにねぇ」

「たしかに迷惑な話ではあるようだ」

「では、用心棒を引き受けてくれますか？　近江屋の連中だけではなく元次郎からも身を守っていただきたいのです……」

仲十郎は首をかきながら、

「しかしそれだけで用心棒が必要とは思えぬなぁ」

簡単にうんとは答えなかった。

お登志は梯子《はしご》を外されたように腰を動かしながら、膝を整えると、

「こんなことを申し上げると失礼ですが、お仕事もなさそうだし、いい塩梅《あんばい》にのってくるのではないかと考えてみたんですけどねぇ……お侍さまは一筋縄ではいかないようですねぇ」

いままでに会ったことのない類《たぐい》の人です、と苦笑しながら鬢《びん》のほつれに手をやった。

「あんな格好で歩いていたのは、江戸を離れていたからでございましょう。お生まれは江戸ですか？」

「たしかに江戸の牛込《うしごめ》生まれだが……じつは日本全国、剣術修行に出かけていたのだ」

「全国を？」

「武者修行だからな、北は奥州から南は薩摩《さつま》まで歩いたぞ」

「まぁ」

「三年はかかったかな？　いやもっとかもしれんなぁ」

伸十郎は思い出そうとするのか、天井に目を向けた。

「それほど修行するには、なにか目的がおありなのでしょう？」

「日本一の道場を建てたいと思っておる」

「日本一の……」

「ゆくゆくの話だが」

「それでは、用心棒稼業をしながらお金を貯めたらどうです？　好都合ではありませんか」

眉をきりりとさせて仲十郎の顔を見つめた。

だが、仲十郎は真意の読めない微笑《ほほえ》みを浮かべているだけである。

しばらく返事を待っていたお登志だが、ふぅとため息をつくと、

「今日のお宿はおありですか？」

「宿は取ってある」

「どちらに？」

「日本橋の上総屋《かずさや》だ」

にこりと答えると、突然、仲十郎は馳走《ちそう》になったと言って立ち上がり、まるで風のように青葉屋から消えていった。

富岡八幡から、永代橋《えいたいばし》に向かって歩いていく仲十郎の後ろ姿を見送ってから、お登

志はそわそわと伸十郎と一緒に座っていた座敷に戻った。いままで酌をしていた場所に座り体を伸ばして、伸十郎が手にしていた盃《さかずき》に酒を入れて飲んだ。

まるで夢を見ているような顔である。

はっと自分のしたことに気がついたのか、ひとりで頬を朱に染めながら、もう一度盃に酒を注いだ。

今度はすぐには飲まずに、盃を見つめていた。

数呼吸の間、そのままでいたが、盃を長火鉢の上に置くと、お登志は立ち上がって下男の甚助《じんすけ》を呼んだ。甚助は今年五十歳になる男だが、まだ体は矍鑠《かくしゃく》としている。お登志が生まれた頃からいるため、なんでも話せる男だ。

盆栽でも手入れしていたのだろうか、甚助は植木鋏《ばさみ》を持って現れた。行灯《あんどん》に鋏が鈍く光っている。

「どういたしました、そんな不安そうな顔で……」

大きく、四角い顔はいかにも江戸っ子である。目も鼻も大振りなため、甚助に睨まれたらたいていの者は、言うことを聞く。だが、お登志のことになると、とたんにいかつい顔がくずれ、心配性に火がつく。

お登志は、昼、近江屋が雇ったと思えるごろつきたちに襲われ、危ないところを秋森仲十郎という浪人に助けてもらったと告げた。

甚助はさらに落ち着きがなくなり、

「あぁ……こちらに来たときは、山猿のような格好だったのに帰っていくときは、どこぞの若さまのように見えた御仁《ごじん》ですね」

「よく見てますね」

「お嬢さんが連れてきた男ですから」

お登志は、苦笑する。

「しかし……お嬢さん……素性のしれない男にはあまり近付かないほうがよろしいと考えますがねぇ」

「……あのお方は信頼できそうです」

「……おや？」

甚助が、怪訝《けげん》な目つきをする。

「なんです？　その目は」

「お嬢さんがそんなことを言うのは珍しいと思いまして……」

甚助は常にお登志のことを気遣っている。それだけにいつもと異なるお登志の言い様に、不審を持ったのだ。悪い男にだまされているのではないか……。

目を細めて微笑む甚助にお登志は、

「もし私になにか起きたら、あの方にすぐ伝えてください……」

「……？」

「必ず助けてくれるはずです」

その言葉に甚助は、なにか考え込むときの癖なのだろう、持っていた植木鋏をかちかちと音をさせながら、

「近江屋の狙いはなんでしょうねぇ？」

「借金の取り立てを盾《たて》にして、私を連れて行こうとしたことが腑《ふ》に落ちないのよ」

「いままでそんな力ずくはありませんでしたからねぇ……それに近江屋は因業《いんごう》野郎ですが、昼日中《ひるひなか》女をさらおうとするほどバカじゃありません」

「そうはいっても、今後も同じようなことが起きたら困ります。ですから用心棒がいてくれたらいいのではないか、と考えたのですよ」

甚助は鋏で音を立てながら、

「……あの侍の素性は？」

「知りません。だけど、信用できると思うの。だから……」

「まぁ、お嬢さんがそう言うなら……それにしても店に入ってきたときには、女中た

ちが鼻をつまんでいましたよ。旅から帰ってきたという雰囲気でしたが……塒《ねぐら》はどこなんです？」

「日本橋の上総屋という旅籠《はたご》に投宿しているそうです」

「格好を見ていると、博奕《ばくち》打ちのようなやくざな旅人とも思えなかったし、姿は爽《さわ》やかそうでしたがねぇ……」

甚助は、ため息をつきながら心配の目つきである。

「とにかく私になにか起きたら、あの方に連絡してちょうだい」

へぇ、と甚助は神妙に頭を下げたが、小首を傾げ続けていた。

お登志は甚助が座敷から去った後、帳簿を調べ始めた。店は順調である。近江屋にはきっちりと月一分の利子も払ったし、伊達家にも毎月十両ずつ返し続けられている。

四半刻（三十分）も過ぎた頃だろうか、庭を囲む板塀に設《しつら》えてある潜り戸のあたりを、とんとん叩く音が聞こえたような気がして耳を澄ました。

戸が風に音を立てているのだろうか。それならいいが、昼の出来事を思い出して、お登志は体を硬くした。

お登志の部屋は縁側から庭に降りられるように作られている。

念のため、お登志は手燭《てしょく》に灯を入れて、庭先を照らし、異変が起きたら大きな声を上げようと身構えながら縁側から庭に降りた。板塀のそばまで進んで、潜り戸の前でしゃがんだ。

やはり誰かが外から戸を叩いている。

さらに戸の側に近寄ると女の声がした。

「もし……お登志さん。こんな夜分にすみません」

柔らかい声に、お登志はひとまず安心する。

それでも頭の簪《かんざし》を抜き取り、手に持ちながらふたたび問うた。

「どちらさまです？」

「美代《みよ》と申します。お紋《もん》さんの言付けを持って参りました」

「こんな時刻にですか？」

「はい……急な用事ですので……なかに入れていただけませんか」

すこし考えてから、お登志は簪を髪に戻して戸を開いた。女が体を斜めにして、庭に入ってきた。酒の匂いが漂う。

お登志は、眉を顰《ひそ》めると手燭を女の顔に近づけた。

明かりを当てられ、女はまぶしいのか目を細めている。

まぶたがどんよりとして、鼻が低く唇が薄い。ていねいに腰を曲げている姿から醸《かも》し出される雰囲気に危険なところは見えない。

それでも、お登志はすぐ逃げられるように、身構えながら、

「どうして本人が来ないのです？」

「お紋さんはいま動くことができないので、同じ長屋の私がやってまいりました」

「お紋さんになにか異変でも起きたんですか？」

「……とにかく一緒に来ていただけませんか」

そろそろ木戸が閉まる刻限だ。

「では、店の者に伝えてきます」

女は慌《あわ》てて止めた。

「店の方たちには、私が呼びに来たことを内緒にしておいていただきたいのです」

「なぜです」

「お紋さんからのお願いです。誰にも知られたくない、と言うのです……なにか以前の仕事のことでもめ事が起きた、と伝えてくれたらわかる、と」

「前の仕事……」

お登志は少しだけ合点した顔つきになった。

「それでこんな裏から」

「はい。失礼だとは思いましたが、なにしろお紋さんがどうしても、と言うもので」

言葉遣いはていねいである。一度はお店奉公をしたことがあるか、いまも働いているのかもしれない。それでもお登志は女の顔を見ながら、

「あなた、お酒を飲んでますね」

「……すみません、宿六《やどろく》と一緒に晩酌をしていた最中でしたので」

その話を聞いてもお登志の疑いの目つきは変わらない。

「……その用事というのは長くかかりそうなのですか？」

「ご心配をするのは当然のことです。いきなり現れた私を信用してください、と言ったところでそう簡単に信じられる話ではありませんからね」

お登志は気の強そうな目つきで、女を見つめると、ふぅとひと呼吸入れた。お美代と名乗った女は、指を絡ませたり手を擦ったり落ち着きがない。

「……お紋さんの名を出されたら信用するしかありませんが……お紋さんはどこにいるのです？」

「あるお屋敷でお待ちしています」

「……なにがあったのか教えてもらえないのですか？」

「……申し訳ありません。私もよく知らないのです。とにかく、慌てた様子で青葉屋のお登志さんを、との一点張りで……」

しばらくお登志は肩で呼吸をしていたが、

「わかりました、お紋さんのところに連れていってちょうだい」

お美代と名乗った女は、ようやく柔らかな顔になって、よかった、と答えた。


翌日の朝のこと。

下女のお種《たね》はお登志がなかなか店に出て来ないと不審を覚えた。厨《くりや》にも顔を見せない。お登志はいつも朝の六つ半（午前七時）になると顔を出して、今日もしっかりね、と声をかけるのが日課になっている。

だが、朝五つ（午前八時）近くなってもお登志は顔を見せない。

身体の具合でも悪くしていたら困ると、お種は奥を窺《うかが》った。

寝所に声をかけたが、返事はない。

障子を開いてお種は怪訝な顔をする。寝た跡が見られなかったからである。

第一に蒲団が敷かれていなかった。ということは、お登志は昨夜眠っていないということになる。朝早く出かけたのではないか、とも思ったが、それなら必ず誰かに言付けを残すはずである。

いい大人なのだから、こんなこともあるかと一旦は離れたのだが、普段のお登志の言動から考えるとあり得ないと思い直した。

お種は甚助が寝泊まりしている敷地内に建つ小屋を訪ねて、お登志の姿が見えない、と青い顔で告げた。

眉を顰めた甚助は、

「どういうことだい、俺はなにも知らねぇ……」

「どこを捜してもいないんです。朝起きて来ないので、不審に思って部屋を訪ねてみたんですが……」

「帳場やほかも捜したのかい」

「もちろんです」

「番頭の善右衛門《ぜんえもん》さんはどうしている」

「普段通り店を開こうとみんなに声をかけています。こんなときこそ踏ん張らなければいけない、帰ってきたときに安心させよう、と珍しく頼もしく動き回っていますよ」

そうか、と答えた甚助は、

「昨夜、最後にお嬢さんの顔を見たのは俺かもしれねぇ……」

唇を噛みながらつぶやき、そわそわと狭い小屋の土間をうろつき続けている。

「甚助さん！」

不安な目を向けるお種を無視して、甚助はしばらく、そうだ、とか、そうしたほうがいいのか、などとつぶやいていた。やがて甚助は手を打って、

「柳原《やなぎはら》さんに相談しよう」

「柳原さん、ですか？　あのまじめだけが取り柄の？」

お種は、不安そうに甚助を見た。

柳原清士郎《せいしろう》は南町奉行所の同心ではあるが、定町廻りではない。荷駄の崩《くず》れや、高く積んで往来の邪魔をしないようにと指導する高積見廻《たかづみみまわ》り同心である。

青葉屋での荷駄が届くと店前《さき》に積んでおくことがある。柳原はそれを見廻りに顔を見せるのだ。

顔は丸いが性格は四角過ぎると、お登志だけではなく甚助やお種にまで呆《あき》れられる同心だ。なにしろ、歩く指矩《さしがね》とまで揶揄《やゆ》されているほど融通がきかない男なのである。

とにかく曲がったことが大嫌い。性格だけではない、荷駄が少しでも荷車から落ちそうに曲がっていると、それを注意する。

車からはみ出した角がそろっていなければ注意を受ける。丸い荷駄でも四角にして積み上げろとまで言いそうな同心なのであった。

甚助は小僧の一松《いちまつ》を呼んで、すぐ、柳原さまにことの仔細《しさい》を伝えて、見廻りにきたら顔を出してもらえるように、通りの角にある自身番に伝えさせた。

一松が自身番に向かったのを確かめて、甚助自身は日本橋に向かって走り出した。

永代寺前を通り富岡八幡の一の鳥居を潜って永代橋を渡る。

大川沿いを北に向かって、日本橋川に向かった。

お登志から聞かされていた上総屋は、日本橋通りと宝《たから》町に続く通りの角にあった。

入り口で秋森さま、と名前を出すと女中は、あぁ、と意味深な笑いを見せて二階の一番奥のとっつきの部屋だ、と教えてくれた。

土間から板の間に上がり、階段を年齢《とし》とは思えぬ動作で駆け上がった甚助は、突きあたりの部屋の前に膝を揃えた。

そろそろ辰《たつ》の下刻にもなろうとしているのに、その侍はまだ蒲団のなかにいるらしい。

廊下に座ったまま甚助は、秋森伸十郎さまですか、と尋ねた。

「そうだが……」

「青葉屋からまいりました」

「入れ」

甚助は障子を開いて座敷に足を踏み入れた。秋森という浪人は、体は起こしていたが、まだ蒲団のなかである。

「お休みのところ申し訳ありませんが……」

侍は瞬《まばた》きをした。頷いたらしい。

甚助は、一気に朝の出来事を語った。

聞き終えた伸十郎は、

「すぐ支度する」

がばと起き上がると、すばやく着替え、刀掛けから大小を引っつかんで、行くぞと甚助に声をかけ、部屋から出た。

甚助と一緒に伸十郎が青葉屋に着くと、なにごともなかったように店は開いている。客の姿もちらほらと見えていて、一見普段と変わりなさそうである。

まさか女主人の姿が一晩にして消えてしまったなどと、世間に知らしめるわけにはいかないと、番頭の善右衛門が先頭に立って使用人たちを励まし、店を開けていたのである。だが、みな顔色がすぐれない。そのせいか、店には活気がなかった。

三

小僧の一松が甚助のそばに寄ってきて、上に柳原さんが来ていると伝えた。

甚助に声をかけられて、伸十郎は一緒に二階の部屋に向かった。

戸を開くと、町方と年若の御用聞きらしき男がいた。同心のほうは、きっちりと背筋を伸ばした姿で座っているが、岡っ引きは落ちつきなくうろうろしている。

「甚助、どうしたというのだ?」

「柳原さま……」

甚助は柳原の顔を見て、肩の力を抜きながら腰を下ろした。伸十郎は後ろに突っ立ったままだ。

柳原は、目の前に二つ並んでいる茶碗が一直線に並ぶようにそろえながら、

「なにがあったのだ。いつからお登志さんはいなくなったのだ、脅迫状などがきたのか」

とたたみかけた。

甚助は顔を振りながら、

「なにもわかっておりませんので……」

若い岡っ引きは、甚助と柳原の顔を交互に見つめながら、目をぎらつかせている。

仲十郎は、柳原……と呟《つぶや》いた。

「おぬし……秋森仲十郎ではないか！　いつぞやぶりであろうか」

柳原清士郎は立ち上がって仲十郎に近寄ると、いきなり手を伸ばし、仲十郎の襟首を引っ張った。曲がりを直したのだ。

「奥目と真《ま》っ直《す》ぐ好きは相変わらずだな」

「奥目はやめろというに……」

懐かしそうに語り合うふたりを見て、甚助と若い御用聞きはあっけに取られている。

仲十郎は二十七歳、清士郎は二十九歳。ふたつ違いである。だが、一緒にいる雰囲

気は仲十郎のほうが年上に見えていることだろう。

「伊之助《いのすけ》、心配はいらん。八歳の頃から市谷《いちがや》八幡の近くにある私塾の清新館《せいしんかん》というところで机を同じくしていたのだ。さらにこの男は私と以前、飯田《いいだ》町の桜田《さくらだ》道場で龍虎《りゅうこ》と呼ばれたことがある仲だ。だからこの男、腕が立つからな。お前が逆立ちしても勝てんぞ」

岡っ引きの伊之助は上目遣いをしながら、よろしくお願ぇします、と仲十郎に頭を下げた。

つい最近までは父親の市蔵《いちぞう》が手札をもらっていたのだが、寄る年波で探索に精を出すことができなくなった。

一年前、深川の仲《なか》町にある居酒屋に盗賊が入った。こそどろであった。その男を近所で見つけ捕えようと追いかけた。そのとき、小さな神社の石段を登っている途中でぎっくり腰になり、捕り逃してしまったのである。その日をきっかけに代替わりをしたばかりだと清士郎が説明をする。

紹介されている間にも、十手《じって》をくるくると回したり、手のひらをぽんぽんと叩いたり見ているだけで気ぜわしい。

「それにしてもどうしておぬしがここに？」

仲十郎がいることに清士郎は、不審を覚えたらしい。すかさず甚助が答えた。

「このお方はお嬢さんがお雇いになった青葉屋の用心棒です」

「なに、用心棒？」

仲十郎は苦笑混じりに、まだ正式に受けたわけではない、と答えた。

「行きがかり上、やむを得ず助けに来ただけだ」

「そうか、この店の用心棒に、お登志さんの用心棒に……」

清士郎は甚助の言葉を聞いてから、目付きが定まらなくなった。大きく呼吸をしたり、肩を揺すったり突然落ち着きを失ってしまった。

「私が用心棒になったら不都合でもあるのか」

仲十郎が、笑いながら訊いた。

「いや、そのようなことはないが……」

連子窓《れんじ》のそばに行って、桟を十手で叩いてずれを直すような仕草を始めた。見るからにわざとらしい。

ふたりのやり取りを聞いていた伊之助が、じれた声を出した。

「旦那がた……お登志さんの件に目を向けませんかい？」

伊之助の言葉に清士郎は振り向き、

「おう、そうであったな」

十手を腰に戻して背筋を伸ばした。

「店の周辺でなにか変わったことなどは起きていねぇかい」

真面目一筋の雰囲気とはまるで似合わぬ、町方特有のべらんめぇ調である。

「あっしは聞いておりませんが……」

「伊之助、ちとみんなに訊いてこい」

清士郎は高積見廻りが仕事なので、押し込み強盗や殺しなど血腥《ちなまぐさ》い事件はほとんど扱わない。したがって詮議や探索はあまり得意ではないのに、必死な顔つきである。

その表情に圧倒されたか、へぇ、と伊之助は深く頭を下げて階段を降りていく。甚助があっしも一緒に、と伊之助の後を追った。

ふたりきりになると、清士郎は膝をきちんとそろえて座りながら声をかけた。

「どこに雲隠れしていたんだい。おぬしの姿が江戸から見えなくなって三年か……もっとかな？　修行の旅に出たとは聞いていたが」

「……まぁ、そんなようなものだよ」

四角四面な雰囲気の清士郎に対して、伸十郎は柱に身体を預けて、立て膝姿だ。

「湯島《ゆしま》に住む叔父上《おじ》のところでなにかあったのかい？　たしかお父上の件で五歳のときに預けられたのであったな……噂では十年ほど前あたりからあまりうまくいかなくなっていたという噂を聞いたが……」

「……いや、そのようなことはなにもない」

「本当か？　叔父上との仲違《たが》いなど……」

「なにもないさ」

仲十郎は、笑いながら答えた。

「しかし、そもそも父上の事件とはどういうものだったのだ？」

「……それは私自身も叔父から教えられておらぬからな……」

「調べたいとは思わぬのか？」

仲十郎の父親、秋森長一郎《ちょういちろう》は八百石の旗本であり、お蔵番であった。だが、仲十郎は知らぬがなにかしくじりを犯し、お役を解かれやがて病死した。仲十郎が五歳のときのことである。

母親は、家を出されたままどこにいるのか消息は掴めていない。親戚筋もないため、どこに住んでいるのか推測がつかないのである。

父親の罪というのがどんなものなのか、叔父の秋森広太郎《こうたろう》はなにも教えてくれなかった。

質問に横を向く伸十郎に、清士郎はかすかに哀れみの目を送った。

「すまん、せっかく江戸に戻って来たというのにつまらぬ話をした」

「いや……いいのだ」

「そういえば、おぬしは自分の剣術道場を持つのが夢であったな……それは変わっていねぇんだろう？」

「もちろんだ」

清士郎は、そうかと何度も首を振ると、

「ひょっとしたら、修行といいながら母上を捜していたのではないか？」

伸十郎は答えない。

「まぁ、よいわ。困ったことがあったら助けるぜ……だが、いまはお登志さんの行方を捜さねば」

伊之助と甚助が帰ってきた。

「おう、なにかわかったかい」

清士郎が勢い込んだ。

伊之助は、十手をくるくる回しながら、

「昨日お登志さんと最後に会ったのは、髭面の浪人者らしいです」

「髭面？」

「へぇ、とんでもなく汚ねぇ浪人だったといいます。お登志さんはその連れてきた男としばらく部屋で話をしていたと……その浪人が帰って以降は、誰とも会った様子はねぇらしいですが……」

「ということはその髭面の浪人がなにか握っているということだな」

話を聞いていた伸十郎は、苦笑しながらそれは私だとつぶやいた。

「なんだって？」

「清士郎、それは私だ」

「……お登志さんとはどこで会ったんだい」

伸十郎は、両国の話をする。

「なるほど江戸に帰ったばかりで髭面だったということかい」

「…………」

「しかし、お登志さんはおぬしが帰った後、店の誰とも会話を交わしていないということになると、自分で外出したということになるが……あるいは人知れずにかどわかされたか？」

伊之助が言葉を挟んだ。

「やったのは近江屋じゃありませんかね。その……仲十郎さんがお登志さんを助けたという話とも合致しやす」

清士郎はどうかな、と首を傾げ、仲十郎は床の間の掛け軸を見つめながら、顎《あご》に手を添え思案顔をする。

そこに、小僧の一松が入ってきた。

「番頭さんからの言付けですが……」

「どうした」

「近江屋がいつもと雰囲気が違うという話です」

「近江屋が？　いつもと違うとはどういうことだ」

へぇ、と一松は首を縮めて、

「店のお客さんたちが近江屋でなにかおかしなことが起きているのではないか、そんな噂話をしていたから伝えてこい、と言われました。なにやら使用人たちが奥へ出たり入ったりで、妙に落ち着きがねぇとのことです。近江屋自身もそわそわとしていて、商売に身が入っていなかったといいます」

その言葉に伊之助は力を得たのか、腕まくりをする。

「柳原の旦那……近江屋に行って締め上げてみましょう」

ちょっと考えていた清士郎は、確かめてみようか、と伊之助の言葉に乗った。

「仲十郎、一緒に行くかい？」

「いや……」

「ここにいても、しょうがねぇと思うが」

「うむ……甚助、お登志さんの部屋は見られるか」

甚助は問われて一瞬、間を空け、すぐ返事をしない。

「甚助……いまは火急のときだぞ」

仲十郎はじろりと甚助を睨んだ。その迫力に押されたか、甚助は頷き、

「わかりやした。ご案内しましょう」

「清士郎、そういうわけだから私は残る」

「……わかった。伊之助、近江屋に行くぞ」

へい、と伊之助は腕まくりをしながら清士郎の後を追った。

四

柳原清士郎と伊之助のふたりが近江屋に向かった後、甚助は、仲十郎をお登志の寝所に案内した。

壁際に箱簞笥《だんす》があり、行灯《あんどん》がおかれているだけで思ったより質素な部屋だった。

仲十郎は部屋の隅を見たり、手で鴨居《かもい》に触ったりしながらなにか調べている様子である。障子を開いたり閉めたりした後は、床の間をとんとんと足で踏んだり、叩いたりしながら、

「隠し戸のようなものはなさそうだ」

「はぁ……そんなものがあったらあっしが一番に教えてます」

「なるほど」

「他になにか怪しいところがありましたかい？」

「……ないな」

「無駄骨ということで？」

「……いや……次に普段使っている奥座敷を見たい」

「へぇ……」

「こっちでさぁ」

廊下の反対側を先に歩いた。

奥座敷に入ると、なにやらいい香りが部屋全体を包んでいる。普段から香をたいているらしい。伸十郎はいい匂いだ、などと呟きながら部屋を調べ始めた。

寝所と同じように、鴨居を叩いたり、畳を踏んだり、身を屈《かが》めて這いながらていねいに部屋の隅々を舐めるように、調べ続ける。

「どうです？」

甚助が興味深そうに一緒に這いながら尋ねた。

「別に家出をするような気配は感じられんなぁ」

「それはそうでしょう。商売だってうまくいっていますからねぇ」

「悩みは？」

「悩みですかい？　あるとしたら、近江屋や元次郎さんがしつこくまとわりついている、ということくらいでしょうかねぇ」

「ふむ……」

「目星はつきそうですかい？」

「家とは関係ない、ということがわかった」

「はい？」

「消えた理由はこの家にはない、ということだ」

「やはり、かどわかしで？」

「または、自分から出て行ったかだ」

「でも、家出の目はねぇとさっき……」

「ふむ」

「あなたさまの話はさっぱりわかりません」

「……ふふ。そうか。誰かに呼び出されたのではないかな」

「呼び出しが来てその誰かと一緒に出て行ったということで？」

「……ふむ」

　伸十郎は、座敷から出ると周囲を見渡す。

「ここからは誰にも見つからずに外に出られるか？」

「へぇ、この庭先を突っ切ると潜り戸があって外に出られます。ただいつもは錠前がかかっていますから、簡単に出入りはできません。なにしろ近江屋やら元次郎さんなどに、かってに入ってこられたら困るので用心のためです……」

「錠前の鍵は誰が管理しているのだ」

「お嬢さんしか持っていません」

渡り廊下があり、庭を跨《また》いだような形になっていた。そこから庭先を抜ければ、すぐ潜り戸である。

「ここから誰かに呼び出されたということも考えられるな」

「ですが、もしそうだとしても、お嬢さんが店の者にどこに行くとも告げずに外出したのはどういうことでしょうねぇ」

普段のお登志には考えられない行動である。

「よほどのっぴきならねぇことでもあったんですかねぇ」

甚助は何度も首を傾げ、諦めきれないように部屋に戻ったり廊下から降りて、潜り戸を確かめたりしている。伸十郎も庭に降りて潜り戸に向かった。途中の草木などが倒れていないか調べながら、戸を押してみた。

「開くぞ……」

ぎぃと音がして、戸は開いた。

「普段は錠がかかっているといったな」

「へぇ……錠前の鍵を持っているのはお嬢さんだけですから……ということはお嬢さ

んが開けて出ていったということになりますんで？」

「しかし開けっ放しというのはおかしい……」

仲十郎は、外に出たり庭に入ったりを繰り返すと、

「これはお登志さんの謎かけに違いない」

「どういうことです？」

「外側に錠はない。鍵はお登志さんしか持っていない。一度開けたとしても、なかに入ったらまた鍵はかけるだろう。つまりここから外に出ていったということになる」

「なるほど」

仲十郎は、手を顎につけながら思案を続ける。

「庭は荒れてはいない。ということは何者かが踏み込んできたということでもなさそうだ。つまりは、誰かに誘われたと考えたほうが間尺にあう……」

甚助は、へぇ、と返しながら、

「………」

「ところで店のとなりに、しま屋という一膳飯屋があります」

「今年四十六歳になる親父の義作《ぎさく》と、十八歳の娘、お加代《かよ》のふたりで切り盛りをしているんですがね、義作の嫁は三年前に病死していまは独《ひと》り身です」

「いきなりなんの話だ」

甚助は、柳原清士郎たちが帰ってくるのをそこで待とう、と誘った。

「あっしは店の表向きのことはよく知りません。しま屋のふたりなら、お嬢さんの愚《ぐ》痴《ち》でも聞いているかもしれません」

「よし……行こう」

甚助の案内で伸十郎はしま屋に入った。

店内は出汁《だし》の匂いに包まれている。開店してまだ間もないのか、客はひとりもおらず閑散としていた。

奥の調理場で手を動かしている男が義作だろう。横に立って手伝っているのが娘の加代らしい。

甚助の顔を認めると、義作は太った顔をほころばせ、手を休めて奥から出てきた。見たところ腹の肉だけではなく、頬の肉まで垂れている。前垂れで濡れた手を拭きながら、

「どうしたい、こんな早くから」

「……じつはな」

内緒だと断ってお登志の話をしてみたが、義作はまるで見当もつかないと首を傾げ

た。

近頃は、とりたてて愚痴を聞いたこともなければ、危険な目に遭ったという話も聞いていない、という。

娘の加代は、かどわかされたとしたら近江屋か伊勢秀の元次郎絡みではないか、と訴えるが、もしそうだとしても近江屋にしても元次郎にしても金目当てということは考えられない。

「店そのものを自分の手に入れるつもりかもしれませんよ」

加代は、そう言いながら、そばでぼんやりと立っている伸十郎に視線を送る。

「ところでこちらのお侍さんは?」

興味津々《しんしん》という目つきで伸十郎を眺め回した。

甚助は、こちらは秋森伸十郎さんといい、柳原さまのご友人で青葉屋の用心棒だと簡単に紹介した。

「まだ本当に用心棒になったわけではないが、行きがかり上だ」

伸十郎は、柳原清士郎のときと同じような受け答えをした。

会釈をされたとき、長い睫の奥で光る瞳にお加代はうろたえる。

のれんをかき分けて伊之助がしま屋に入ってきた。

お加代の表情が明るくなった。

「やっぱりここですかい」

はぁはぁと荒い息をしながら、清士郎は見回りが残っているといって、途中で別れたと告げた。

近江屋の調べは思うようにいかなかったらしい。

近江屋久右衛門は、お登志をかどわかしなどしていない、と話を突っぱねるだけであったという。両国でお登志を襲っただろうと追及しても、知らぬ存ぜぬとまったく埒《らち》が明かない。

だが、女中たちが店の隅でひそひそ話をしている姿が見られた。近江屋自身も、そわそわしていて質問にも上の空だったという。店内でなにか変事が起きているのは確かだと伊之助はいう。

「まったくあの狸爺《たぬきじじい》め」

「ところで、清士郎は何か言ってなかったか?」

伸十郎の問いに伊之助は、へぇと頭を下げて、

「柳原の旦那から、青葉屋で自分たちの帰りを待っているだろうから、一度、戻って、知らせろと言われたんでさぁ」

仲十郎は、腕を組んだ。

「あっしの親父のところで待っていてくれとのことでした。そこで今後のことを話し合おうと言ってます」

「はて……どこだな?」

「霊巌《れいがん》寺門前で、市《いち》、っていうそば屋をやってまさぁ。甚助さん、用心棒さんを店まで連れて行ってくれねぇかい」

頷いた甚助に、伊之助はじゃ頼むぜ、と言って店を飛び出た。

お加代が小走りに店の外に出て伊之助を呼び止めようとしたが、あっという間に伊之助の姿は遠くなった。お加代は悔しそうに大きく肩で息をする。そんな娘の行動を義作は渋い顔で見つめている。

伊之助が消えると、甚助はじゃ行きましょう、と仲十郎を誘った。

店を出ると、空が青く、輪をかくとんびの姿が一点の染みのように見えた。

三十三間堂の長い建物を横に見て、甚助は掘割沿いに進んで行く。

霊巌寺までは半刻もかからない。

ふたりは、亀久《かめひさ》橋を過ぎ、仙台《せんだい》堀を海辺《うみべ》橋で渡って武家屋敷の通りを抜けた。つき当たった周辺が霊巌寺門前町である。すぐとなりには浄心《じょうしん》寺が並び、大きな敷地を囲う寺塀に囲まれた反対側には、牧野備前守《まきのびぜんのかみ》、久世大和守《くぜやまとのかみ》の上屋敷が連なっている。思ったより静かな場所だ。

甚助は、辻番から大和守の塀沿いに進むとすぐ見える店に入った。縄のれんがじゃらじゃらと音を立てる。その音を聞きつけたのか奥からくしゃくしゃ頭の男が出てきた。伊之助の父親、市蔵《いちぞう》である。たれ目でどこか人が良さそうに感じるが、腰が据わって見えるのは、御用聞きだった頃の名残りだろう。

「おや、甚助さん、また、せがれがどじを踏みましたかな？」

仲十郎をちらりと見る目には隙《すき》がない。

「いやいや、そんなことはねぇんですが……あぁ、こちらは青葉屋で用心棒をしてもらっている秋森仲十郎さまというおかたです」

「秋森さま……」

「ご存知で？」

「いや、そのようなお名前で飯田町の方にある道場に強いお方がいた、と高積同心の柳原さまから聞いたことがありましたから」

甚助がその秋森さまだ、と伝えると、市蔵はそうでしたか、と笑みを浮かべて奥へ誘った。

もともと市蔵の家は親の代から御用聞きを務めている。伊之助は三代目だ。そんな話を甚助がしていると、

「それにしても、その秋森さまがどうして甚助さんとご一緒に？」

市蔵が尋ねた。

甚助は、お登志の姿が見えないのだと、朝からの出来事を告げた。

「なるほど……それはご心配です」

「お嬢さんもどこに姿を隠したものか……」

「隠れたのか、逃げたのかそれともかどわかされたのか？」

「座敷を見ても怪しげな臭いはしねぇ」

甚助がため息をついて心底心配そうな顔をした。

入り口ががらりと開き、清士郎が入ってきた。はぁはぁと荒い呼吸をしながら、

「伸十郎、いるかい？」

甚助が衝立《ついたて》から顔を出してこちらです、と手招きする。清士郎は膝をそろえて座ると、

「おかしな話を聞きこんできたぞ。十日くらい前のことだが近江屋の前で女が暴れていた、という話だ……」

「それは、どういうことです？」

市蔵が顔を向ける。

「子どもが怪我したから、その治療代をよこせとかなんとか騒いでいたらしい……」

するとと市蔵が、あぁ、という顔をした。

「それは掏摸のお紋のことではありませんかねぇ？」

「市蔵、その女を知ってるのかい」

「おそらくお紋です。相模《さがみ》は神奈川《かながわ》村の生まれなんですがね、十代の頃両親が亡くなり、江戸の親戚に預けられやした。ところがその家というのが掏摸の元締めの夫婦だったんでさぁ」

「それはまた」

「へぇ……子どもの頃から掏摸の技を鍛《きた》えられて、けっこう奥山《おくやま》じゃ名の売れた女掏摸だったんですが、育ての親が夫婦して病死して、団吉《だんきち》という浦安《うらやす》で網元をしている男と一緒になったのをきっかけに堅気《かたぎ》になりました」

「では、いまはその団吉の女房をやっているのかい」

「嫁いで十年くらいは子どもも生まれて平穏に暮らしていましたがねぇ。不幸なことに子どもが六歳になったとき、団吉が持っている船が沈み、借金を抱えることになったんでさぁ。団吉は心労から亡くなってしまいました」

そこで仕方なく江戸へ戻ったお紋だったが、はじめた商売がうまくいかずに、近江屋から金を借りたらしい。それを返すために、お紋はまた掏摸商売に戻り、何度か市蔵に捕まりそうになっていたというのであった。

「それとお紋が近江屋の前で暴れるのはどういう関わりなんだい」

「十日くらい前のことです。浅草奥山をお紋が子どもと一緒に歩いているとき、近江屋とぶつかったんでさぁ。そのとき、まだ借金は返し終わっていねぇぞ、返済はいつになるんだ、といたぶられた。子どもが怒って近江屋の足に飛びついた。そのとき一緒にいた近江屋の用心棒が子どもを蹴飛ばしたんです」

「ひでぇことをしやがる」

「それで怪我をしましてね」

「その怪我の治療代をよこせ、と騒いだ……」

清士郎は得心顔をするが、伸十郎は首を傾げている。

「お紋という掏摸はどうして子どもを連れていたのだ。仕事に子どもはじゃまではないのか？　それとも子どもをだしに掏摸を働くということだったのか？」

「あぁ、お紋は普段は袋物を作ったりしているんでさぁ。掏摸を働くくれぇだから手先が器用でね。青葉屋にも品物は預けてあります。おそらくどこかに届ける途中だったのではねぇかと」

「ん？　そのお紋とお登志さんは知り合いなのか？」

その問いには甚助が答えた。

「あれはふた月くらい前だったと思いますが……お嬢さんが日本橋の通町《とおり》を歩いているときでした。あっしも一緒にいたんですがね。子どもを連れた女が道端でうずくまっていたんです。そばにいた子どもはまだ十歳にも満たねぇように見えて、泣きべそをかいているんです」

「それがお紋だったと？」

「へぇ……腹を押さえていたんで癪《しゃく》でも起こしていたんでしょう。お嬢さんが女を抱えてあっしが子どもの手を引いて、そばにあった料理屋に連れていきました」

「まったく見知らぬ相手を？」

「お嬢さんには、困っている人に手を差し伸べるようなやさしいところがあるんでさぁ」

「なるほど」

「持っていた腹の薬を飲ませて、すこし休ませました。やがて痛みも軽くなり、お紋の身の上話を聞いたんです。お嬢さんは同情しましてねぇ」

「お紋は掏摸だろう。その話も?」

「へぇ、隠さず話してましたよ。あっしも子どもをあやしながら聞いていましたから。掏摸になったいきさつにお嬢さんは可哀想だと涙を浮かべながら頷いていましたからねぇ」

「そうか……」

「うまがあったんでしょうねぇ。それをきっかけに袋物をお嬢さんが注文するようになりました」

「お紋の特徴は?」

今度は市蔵が答えた。

「顔は細長くてきつね目でさぁ。近頃はあまり悪さをしなくなり、その目つきも柔らかくなってきたと聞いてますが、さてねぇ」

その答えに仲十郎は、似てるなと呟いた。

「……? 知り合いなんですかい?」

市蔵は鋭い目つきで仲十郎を見た。ぐいと肩をそびやかした仕草は、元切れ者岡っ引きを彷彿《ほうふつ》とさせる。

仲十郎は、天井の一点を見つめながら、

「……いや、知り合いというほどではない」

「はっきりしねぇ返答ですねぇ」

市蔵は、さらに怪しそうに仲十郎を見つめる。

「そうか？」

「……まぁいいでしょう。で、これからどうします？」

うむ、と言ったきり仲十郎はまた黙ってしまった。

そこに伊之助が汗をかきながら足音を立てて帰ってきた。どんと音を立てて戸を閉めた。

市蔵が、その乱暴な行動を見て眉を動かしたが、伊之助は素知らぬふりをしている。

ふたりは目を合わせない。

伊之助は仲十郎たちのとなりに腰を下ろしていきなり喋《しゃべ》り始めた。

「近江屋が騒いでいたのは、用心棒が消えたからです。いきなり姿が見えなくなったんで、店の者がなにか盗まれちゃいねぇかとみんなで売り物やら、帳場を検《あらた》めていたからのようで……」

清士郎がそれなら話はわかる、と頷いた。

「金でも盗んで逃げたんじゃねぇかってことらしいですがね」

「その浪人とはどんな男なのだ」

仲十郎が伊之助に尋ねた。

「三田某《みたなにがし》という野郎でしてね、右の頬に傷跡のある浪人です。いつも近江屋にくっついていましたよ」

「右頬に傷跡……」

「さっき近江屋が血相を変えて出かけたんで小僧に訊いたら、寮に行ったと答えてましたけどね。寮になにかあるんでしょうかねぇ？」

そこまで聞いた仲十郎は、

「伊之助、付いてこい」

と言って刀を持って立ち上がった。清士郎がどうしたのだと問うが、仲十郎はにやりとして、お前は待っていろと答えた。

「捕り物なら俺も行くぞ」

「まだわからん。もしそうだとしても、お前には後で大事な仕事をしてもらうから心配するな……」

「なにを言ってるのかさっぱりわからんな」

「そのうちわかる……」

にんまりとしながら清士郎に伝える。

「それより、掏摸のお紋を捜してくれ……」

「お紋？　なぜだい」

「近江屋に狙われるかもしれない」

「はぁ？」

「いや、狙われなければそれはそれでいいのだ。頼んだぞ」

「まったくわからん」

首をかしげる清士郎だが、相手にもせず伸十郎はそのまま店を出た。

「伊之助、付いてこい」

慌てて伊之助は立ち上がりながら市蔵に目を向けた。

市蔵は素知らぬ顔をしながら、長火鉢の灰を混ぜている。

伊之助は、ちっと小さく舌打ちをして伸十郎の後を追いかけた。

外に出ても、店内の市蔵を暖簾《のれん》越しににらみつけている伊之助の姿を認めて小さく笑みを浮かべると、伸十郎は伊之助にぐいと顔を寄せてその目を覗き込んだ。

「な、な、なんです？」

仲十郎の黒目に見つめられて伊之助はたじろいだ。

「三田という用心棒が消えたのはいつだ？」

「昨夜だという話でした」

「ふむ……」

「なんです？」

「おかしいとは思わんか？」

「なにがです？」

「そんなことじゃ、親父さんの後を継ぐのはまだまだ先だな」

ちっと舌打ちをした伊之助は、顔を背けて余計なお世話だ、と仲十郎に聞こえないように呟いた。

五

仲十郎は、歩きながら近江屋の寮の場所を訊いた。

根津《ねづ》にあると伊之助は答えた。

「で……寮に行く目的はなんです？」

「お登志さんが消えて、用心棒の三田が消え、近江屋があたふたと寮に向かった。話はひとつに向かっておるではないか」

「やはり、お登志さんは近江屋がかどわかしたので？」

「三田かもしれんな。三田は両国で私がお登志さんをごろつきたちから助けたとき、遠巻きに見ていた。燃えるような目で私を見ていたと思ったが、違ったらしい。あれは、お登志さんが目的だったに違いない」

「ということは……三田って野郎はお登志さんに懸想していたと？　奴がお登志さんをかどわかしたんですかい？」

「おそらく……」

「でも、どうやって？」

「それは本人に訊かねばわからん」

あっさり答えられて、伊之助は腰が砕けたが、

「では、三田とお登志さんは、根津の寮に？」

「お登志さんがいるかどうかはわからんが、近江屋と三田はいるのではないか？」

「その根拠は？」

「……ない。ないが根津に行くぞ！」

仲十郎は早足になった。

霊巌寺門前から根津までは、不忍池《しのばずのいけ》を目指すはずだ。

伊之助がそちらに向かおうとしたら、仲十郎は逆に歩き出した。

そっちは反対です、と叫ぼうとして伊之助は呆気に取られる。

仲十郎は辻駕籠《かご》を呼んで乗り込んだのだ。

根津！　と叫ぶ声が聞こえた。

伊之助がまごまごしているうちに、駕籠は走り出す。仕方なく伊之助は尻をはしょると、駕籠の後をひた走った。

やがて、根津神社のうっそうとした森が見えてきた。

大きな鳥居の左右に松の大木が並んで立っている。葉が色変わりし始めている様子が季節を感じさせた。

駕籠が止まり、垂れをあげて仲十郎が顔を見せた。

「ここで降りる」

駕籠から体を出すと、寮はあっちか、こっちかと首を動かしながら訊いた。

伊之助は苦笑して、こちらが近道です、と境内に向かって先に歩き出した。

根津神社は権現さまと呼ばれるように、徳川《とくがわ》三代将軍、家光《いえみつ》が徳川家康《いえやす》を祀《まつ》った神社である。

「ところで、お紋を清士郎のだんなに捜すように頼んだ理由はなんです？」

「そんなこともわからんのか？　よく御用聞きがやっていられるな」

「まぁ、役人としては真面目なだけが取り柄といわれる柳原さまから手札をいただいているくらいですから」

その言葉に伸十郎は、にんまりする。

「似たもの主従か……お紋とお登志さんは知り合いなのだろう。しかもお紋は子どもが三田に傷つけられている。一度、近江屋へ掛け合いに行ってるほどだ」

「わかりやした。また近江屋に掛け合いに行って怪我でもされたら困るからですね」

伸十郎はぐいと伊之助に顔を近づけて、

「伊之さんは、見かけと違い、やさしいな」

「え？」

「まったく違う。邪魔だからだ」

「へ？」

「お紋さんが騒ぎ立てると、三田たちは警戒してさらにお登志さんを見つけにくい場所に移されたら困るではないか」

「あぁ……」

父親の店ではほとんど無口だったのに、仲十郎はいまはむしろ饒舌《じょうぜつ》である。

探索に関しては柳原清士郎よりは信頼できそうだ、と思い至って伊之助は苦笑する。

「なにがおかしい？」

「あ、いえ、なんでもねぇです」

話を続けている間に、ふたりは神社の外に出た。

境内はうっそうとしていたが、外に出ると急に日差しにさらされ、伊之助は目を細めた。仲十郎も手を笠にしてまぶしさを避けている。

太田《おおた》備中守《びっちゅうのかみ》下屋敷を左に見て、百姓地らしき場所に出た。

「この辺りにあるはずです」

「寂しいところだ……」

仲十郎がつぶやいた。

確かに武家屋敷に囲まれた場所である。そこだけがぽつんと山の谷間のように見える場所だ。

伊之助が林の陰に隠れた家を見つけてきた。

わらぶき屋根に、木戸門が設えてあり、人の背ほどもある垣根に囲まれている。不意の客を拒否しているように見えた。

「最初から悪事の根城にしようと建てたような家だな」

伸十郎が眉をひそめた。

外から内部を探ることはできない。せいぜい垣根越しに覗くことができる程度だが、それだけではお登志が匿《かくま》われているかどうかまで判断することはできない。

伸十郎は、家の周りを歩き回った。

垣根は途切れず、ぐるりと家を取り囲んでいる。それを乗り越えるのは難しい。なにしろ背丈ほどもあるのだ。板塀と異なり足場も作れない。

「どうしますか？」

伊之助の問いに伸十郎は、しばらく考えていたようだったが、

「時間をかけるわけにはいかんな」

「と言いますと？」

「討ち入りだ」

「はぁ？」

「飛び込むんだよ」

「いきなりですかい？」

「不意打ちをかけたほうが敵は驚く」

「しかし、敵が大勢いたら大変ですぜ」

「心配するな」

そう言って、伸十郎はにやりと悪戯っ子のような目付きをした。

行くぞ、と伊之助に合図をすると伸十郎はすたすたと木戸まで進んだ。当然門は閉まっている。

伸十郎は、門の前で深呼吸を始めた。

伊之助が後ろで見ていると、腹のあたりを数度出したり引っ込めたりしている。数呼吸し終わったら、いきなり駆け出して門を蹴飛ばした。

ばりっと大きな音がした。

しかし……。

なにも変化はない。

伸十郎は、再度、はっ！　と大声をあげて蹴飛ばした。

……変化はない。

三度目、蹴ろうと仲十郎が足を動かし始めたとき、ざわざわと声が聞こえてきた。家のなかから人が出てきたらしい。

「ほら、みろ」

仲十郎は、得意顔をする。

「え？　それが目的だったんで？」

「当たり前だ、なにをすると思っていたんだ」

伊之助は返答に困ると同時に、まったくなにを考えているのかさっぱりわからん、とつぶやいた。

向こう側から声が聞こえた。

「なにをしておる！　何者だ！」

仲十郎はにやりと伊之助に目をやってから、もう一度、思いっきり蹴飛ばした。大きな音がして慌てたようになかから観音扉が開いた。仲十郎は、またにやりと伊之助を見て、な……と口を動かした。

扉が開ききると、着流し姿の男と尻端折《ぱしょ》りをした中間《ちゅうげん》風の男が扉の内側から、きょろきょろと周囲を見渡している。

先に着流しが外に出てきて、すぐ尻端折りが出てきた。

とっさに仲十郎は身を板塀に貼り付けて、伊之助の身体も引っ張って自分の横に隠しながら、あっという間にふたりに当て身を食らわし、気絶させた。

さらに仲十郎はすたすたと玄関に向かって進んだ。躊躇《ちゅうちょ》なく戸を開き式台を足場にして座敷にあがりこんだ。

折れ曲がった廊下の先から声が聞こえてくる。

仲十郎は声が聞こえた方へ向かう。

伊之助は気が気ではない。いきなり敵地に踏み込むなど普通なら考えられない。といって、止めても仲十郎が引き返すわけがないだろう。伊之助としても一緒についていくしかない。

声のする部屋の前で足を止めた仲十郎は、無造作に障子戸を開いた。

座敷には床の間を背にして、太鼓腹で眉毛が異様に長い男が座っていた。肌がつやつやして、唇は分厚くいかにも酒好き、女好きに見える。

その前に縞柄の着流し浪人が座っている。

仲十郎は、いきなり割って入ってどっかとあぐらをかいた。

「お前が近江屋の久右衛門か？」

太鼓腹の男は、嫌そうな顔をする。

「何者だお前は……」

後ろから浪人が問う。やたらとしわがれ声だ。右頬に切り傷があった。

仲十郎は、にやりと笑った。

「その傷……両国で見た顔だな」

浪人は数呼吸の間、仲十郎を見つめていると、なにかを思い出した顔つきになった。

「お前……ひょっとしたら両国でお登志を助けた髭面か？」

「ご明察、よく気がついたな」

「ち……その人を食ったような目は忘れん」

「ほう……物覚えはいいらしい。ところでお前が三田主膳《しゅぜん》か？」

「主膳？　誰だそれは。儂《わし》の名は法斎《ほうさい》だ。仏法の法に斎だ」

「法斎？　坊主のような名前だな。法とは正しきしきたりを守ること、斎は心身を清めて神に仕えることではないか。名は体を表すとはいうが違うらしい」

「儂の実家は寺だ……」

三田法斎は、苦笑交じりに答えると、そういうお前の名は体を表しているのか、と訊いた。

「はて、それはわからん……ところで主膳、違った……法斎とやら。ふたりはいまどんな話をしていたのだ」

「……そんなことを教える義理はあるまい」

「義理はなくても義務はあるのだ。お登志さんを返してもらいたいからな。答えるのが義務だ」

「わけのわからんことを……」

「では、そこに置かれている金は？」

袱紗《ふくさ》に包まれた二つの小判らしき山が並んでいる。

その質問には答えず、とうとう近江屋が痺《しび》れを切らした。

「お前は誰だ！　出て行け！　人の家に勝手に上がりこんで……町方を呼ぶぞ！」

「わはは。町方ならそこにいるから心配することはない」

入り口で中の様子を窺っていた伊之助は体を縮めた。

伸十郎は続けた。

「まぁ、お登志さんかどわかしに関わる金だろうということは予測がつく。たぬきに頼まれて、主膳がやったのか？」

「法斎だ……お前、案外鈍いな……」

しわがれ声で笑う。

はん？　という顔で伸十郎は眉を動かした。

「くだらぬ問答を交わすのも面倒だから教えてやる……」

と、三田法斎が語ったのは次のようなことだった。

三田は数ヶ月前から用心棒として雇われ、久右衛門について出歩くようになった。久右衛門はお登志に惚れていて、なんとかものにしたいと画策していた。自分もお登志を目にする機会が増えていた。

そんなことを繰り返しているうちに、お登志に惚れてしまったというのである。お登志を思って乱れる気持ちを抑えることができなくなってしまったのだという。

「恥ずかしい話だがな……」

しわがれ声で三田法斎は苦笑する。

思いはとうとう頂点まで登りつめ、自分で抑えることができなくなってしまった。なんとかお登志を一度でいいからものにしたいと思い始め、夜な夜な悶々とする日が続いたという。

じっと聞いていた伸十郎は、ため息をつきながら、

「お登志さんを呼び出したのはお前か……どんな策を練ったのだ」

「簡単な話だ。お登志をつけていると、掏摸女と顔見知りだと知った。さらにその女は、近江屋の店前で暴れた女だ。こいつを使おうと考えた……お紋とお登志は仲がいいということは知っていたからな」

「そんなに簡単に釣られたとは……」

仲十郎は、訝《いぶか》しげに答えた。法斎はふんと疎《うと》ましそうに鼻を鳴らしながら、

「近江屋の女中にお紋の名を使って呼び出させた。お美代という女だ。儂に惚れていてな……思いの外うまくやってくれたよ」

仲十郎は、合点がいったのか口を歪《ゆが》ませ、法斎には冷たい目を向けている。

「話を聞かされてようやく気がつくようでは、やはりたいして頭は良くなさそうだな。ぐっふふ」

法斎が苦しそうな咳《せき》をしたのを見て、

「……主膳……お前胸が悪いのか?」

仲十郎は、眉を顰めた。

六

「読めたぞ……三田……名前だとまぎらわしいから苗字で呼ぶ……三田、お前、命が短いと知って今度の企みを起こしたな？　やけくそになったか」

「………」

「返事がないところを見ると図星らしいが……この金は？」

「本来なら先に女をいただいて久右衛門に渡してやろうとしたのだが、あの女、なかなか言うことをきかぬ。まぁそれはそれで構わぬ。近江屋には金で女を押し込めた場所を教えてやろうとしていたところだった」

「命の長くないお前がどうして金を？」

「こんな儂にも家族がいるのさ。俺が死んで苦労はさせたくはないからな」

「家族に送るためか、なるほど……じゃ……近江屋、お登志さんの居場所は聞いたのかい？」

近江屋はそっぽを向く。まだ聞かされてはいないらしい。伸十郎は近江屋に目を向けた。

「しかし、どうしてこんな場所に来たのだ？　死に神法斎に呼び出されたのかい」

「女中のお美代から聞いたんですよ。三田さんがお登志さんの居場所を知ってるらしいと。お美代にどうしてお前が知ってるのかと尋ねたら、涙を見せながらも寮に行けばわかる、と教えてくれました。その前に三田さんの姿が急に消えていたので、店の金でも盗んで逃げたのではないかと、女中や手代たちが騒いでいましたからね、慌てて追いかけてきたというわけですよ。可哀そうにお美代は暇《ひま》をくれといって出て行きましたよ。あんたに騙されたと気がついたんでしょう」

近江屋は憎々しげに言いながら、三田法斎ににじり寄った。

「お登志さんは無事なんだろうねぇ？」

「ふん、心配はいらん。あの女、思ったより骨のある女だった。といって殺すにはもったいない。逃げられぬように放置してあるわ。ちと傷は負っておるがな」

その言葉に久右衛門は気色《けしき》ばんだ。

「怪我を！　どこに連れていったのです！」

近江屋久右衛門は、三田にすがりついた。だが、すぐ横に転がってしまった。三田が久右衛門の横腹を刀の柄で突いたのだ。

「お前がそこまでお登志にご執心とは笑わせる」

久右衛門は痛みをこらえながらも、目は怒りに燃えている。

「元次郎と結納《ゆいのう》を交わした頃から惚れてたんですよ。あんなろくでなしと一緒になるなら、私が面倒をみると決めていたんでね」

三田法斎は、久右衛門を哀れみの目で見つめる。

「そんなに懸想しても、あの女はおめぇなどになびきはせん」

「先のことはわからぬでしょう。お登志さんはどこにいるのです！」

さらににじり寄って、法斎の袂を摑んだ。

「うるせぇ！　このバカたぬきめ」

法斎は、立ち上がると久右衛門の胸を蹴飛ばして逃げ出した。伸十郎もすぐに立ち上がって追いかけた。

三田は縁側から庭先に降りて、石灯籠《どうろう》の前で振り返り、だらりと刀を下げたまま伸十郎が庭に降りるのを待っていた。

「どうせ死ぬ身だ……その前に人を食ったおぬしをたたき斬る。どうせ儂をこのまま見逃しはせんだろう……近江屋からは金さえもらえたらそれでよかったのに。そうすれば家族は安泰だったのだ。お前のようなおかしな奴がしゃしゃり出てきたせいでおかしくなった」

しわがれ声が苦しそうである。仲十郎は慎重に足場を固めながら問い詰めた。

「金がほしいなら、青葉屋に身の代金を要求した方がよかったのではないか？　なぜわざわざ近江屋に？」

「普段の奴を見ていたら、お登志を救うためならそのくらいのことをするだろうと思ったからだ。青葉屋に話を持ち込むと、八丁堀《はっちょうぼり》が出てきてかえって面倒なことになる」

「死に神に取りつかれて、つまらぬことを起こしたものだ」

「もういいだろう、抜け！」

「やめておけ、私は強いぞ」

「人の名を平気で間違えて呼ぶような男に儂は負けはせん」

ぐっふふと嫌な笑い声をたてた三田を、仲十郎はしばらく睨んでいたが、仕方がない、とつぶやき刀を抜いて青眼に構えた。

しんとした空気が周囲を包んだ。

刻限は七つ半（午後五時）。そろそろ夕刻である。たそがれの柔らかな陽がふたりを覆《おお》う。

座敷の方からううんという唸り声が聞こえてきた。

久右衛門が痛みに呻《うめ》いているらしい。

さわさわと風が二人を通りすぎて、袂や裾を揺らした。

伊之助は、縁側に出てふたりが対峙《たいじ》する姿に固唾《かたず》を飲んでいる。久右衛門は、腹をさすりながら伊之助のとなりに肩を並べた。

伸十郎の体が動いた。青眼から上段に変えてそのまま三田の前まで流れるような足さばきで進んでいったのである。

三田は、体を右斜めにして鋭く抜き胴を払った。

伸十郎は、その動きを予測していたのだろう、体を少し沈めて下から剣先を摺り上げ小手を斬り、それから右足を引いて逆袈裟に斬り下ろした。

三田の首筋を伸十郎の切っ先が捉えた。

ぐふ……う……。

首から血が飛び散り、三田がその場に倒れた。

伸十郎は体を寄せて、しっかりしろと叫んだ。

縁側で戦いを見ていた久右衛門が飛び降りてきた。

「お登志さんの居場所はどこだ!」

「……げふ、ふ……ふ……」

三田は口から血を吐いた。

近江屋は袖を摑んで、三田の体を揺すりながらお登志の居所を問い詰めるが、三田はそれを冷ややかに見つめると、血振りをくれ納刀をする伸十郎に向かって細い声でつぶやいた。

「ぐ……あっさりやられた……だが、体が本調子だったら……お前なんかには負けはせんぞ……」

口から血を大量に吐き出した。

「別の世でもう一度交えよう……」

剣客に対してのせめてもの礼儀か、伸十郎が厳《おごそ》かに答えた。

近江屋は剣客同士の会話などうんざり、という顔で、

「法斎！　お登志さんはどこだ！」

「……ぐ……お前のその必死さに免じて教えてやる……う……それに惚れた女をそのまま死なせるのも忍びないからな……」

ふたたび血を吐いた。言葉が聞き取れない。だが、目線は寮の外側を示していた。

「……て……ら」

三田はがくりと頭を下げた。息が止まっていた。

久右衛門は、一度、三田が死に際に目をやった方向に視線を向けて頷いた。

「お侍さま……お登志さんはおそらく、この先にある破れ寺にいます」

「破れ寺？」

「以前、三田さんに剣術道場として使うためには、どのくらいの修繕料がかかるだろうか、と訊かれたことがあります。その寺がこの先にあるのです」

近江屋はさらに怪訝そうに、

「さきほどの話では命が長くないのに、そんなことを考えていたのでしょうか？　私はまったく気がつきませんでしたが……」

剣術道場という言葉に伸十郎は、眉を動かした。

「剣客とはそうしたものだ。行こう」

すぐ、伊之助が一緒に行きます、と言って寄ってきた。

「近江屋、案内をしろ」

厳しい目つきで伸十郎が叫んだ。

七

海鼠塀《なまこべい》の残骸が瓦礫《がれき》のようになっていた。近江屋がここです、と告げる。

伊之助が先に様子を見ると言って、境内に向けて石を投げた。

異変はない。境内には誰もいないらしい。だが、油断は禁物。破れ寺のなかに三田の仲間がいるかもしれない。仲十郎たちはしばらく身を潜めていたが、物音は聞こえてこない。

仲十郎は、近江屋にはここにいろと命じて、伊之助とともに境内に足を踏み入れた。

「……う?」

仲十郎は足を止めて周囲を見回す。

「どうしたんです?」

「お登志さんはここのどこかにいる……」

「どうしてそう言い切れるんで?」

伊之助が袖をまくり上げながら訊いた。

「匂いがするのだ……あれは、お登志さんの匂いだ」

「本当ですかい……」

「間違いない。青葉屋の奥座敷と同じ匂いが漂っている。おそらく匂い袋を振って香りを振りまき、私たちを待っているのだ」

伊之助は鼻を鳴らしてみるが、ぴんとこないのか首を傾げている。

仲十郎は、藪《やぶ》のなかを走り出した。

境内の踏み石も茂みの中に隠れているほどだ。

石段を駆け上がり本堂に入った。ご本尊様はなく隙間が空いている。以前はそこに住職が座って木魚でも叩いていたのだろうが、ひんやりとした空気が流れてくるだけでいまはがらんとしていた。

本堂から数段下がる階段があり、廊下が続いていた。奥の部屋に踏み込んだ。だが、お登志が押し込められているようなところは見つからない。

仲十郎は立ち止まって周囲を見回している。伊之助は肩を落として、

「いませんね」

小さくため息をついた。

「うむ……」

仲十郎は、ふたたび本堂を中心にして廊下をぐるぐると走り回りながら、お登志の名を呼んだ。

だが、女の声どころか鼠《ねずみ》の鳴き声すら聞こえてこない。

「この寺にはいないのでは？」

鼻が鳴るほど大きな呼吸を始めた。香りを探っているらしい。風が外から本堂へと流れてきた。伸十郎はいきなり外に向かって走り始めた。伊之助も慌てて本堂から石段を飛び降りてふたたび境内に立った。

「こっちだ」

伸十郎が、獲物を見つけた猟犬のように走りだした。

境内はそれほど広くはないが、草が生い茂っているので思うように進むことができない。伸十郎は小刀を抜いて藪を払いながら進んでいく。ときどき、鼻をひくつかせて、こっちだ、と確かめながら分け入る。

と——。

古井戸が目の前に現れた。そばに寄ると空井戸らしい。

ここだ……と伸十郎はつぶやいた。伊之助も確信した。古井戸のなかから甘く、切ないような香りが漂ってくるのだ。

井戸を覗き込むと人が横たわっているのが見えた。

伸十郎がお登志の名を呼んだ。

かすかな声が下から響いてきた。

「いる……」

お登志の声に違いない。匂いがますます濃く漂ってきた。

仲十郎は、いま助けるから待っていろ、と叫んで伊之助を見た。

「帯だ」

「え？」

「帯を貸せ。伝って下に降りる」

伊之助は帯をほどいて仲十郎に渡した。

「しっかり持っていろよ。私まで落ちたらしゃれにならん」

伊之助は端を腰に回して、踏ん張った。

仲十郎は帯を伝いながら下に降りていく。幸い帯が届く程度の深さだったらしい。すぐ帯が軽くなった。伊之助が下をのぞくと丸まっているお登志を抱き起こしている仲十郎の姿が目に入った。ふたりの会話が聞こえてくる。

「お登志さん、しっかり！」

仲十郎の呼びかけに、お登志の声が聞こえた。

「遅かったじゃありませんか……」

仲十郎がどんな表情をしたのかは伊之助には見えなかった。

八

近江屋久右衛門を前にしてお登志がきりりとした目付きで睨んでいた。近江屋の奥座敷である。障子戸が開かれているので、外から暖かい風が入ってくるせいだろう、床の間に飾られている山水の掛け軸がかすかに揺れた。

「近江屋は渋い顔でお登志とそばにいる伸十郎を見つめている。

「近江屋さん、この前、日本橋にある米問屋を買い取ったらしいですねぇ」

お登志がにじり寄りながら問う。

「それがなにか?」

伸十郎が薄笑いをしながら、

「じつは、お前が買い取ってすぐ、荷駄が転がってな、ある子どもに怪我をさせたのだ」

「荷駄が子どもに怪我を?」

「怪我をさせたのは、そちらの不手際だ。つまり、それ相応の罪を受けねばならぬ」

「罪?」

「その出来事を高積同心に教えたらどうなるかな。当分の間荷駄を積むのを禁止せねばならんぞ」

「事故の話は嘘でしょう」

「私が見ていたのだ」

「あなた様が？」

「見ていた……」

「ご冗談を……あなた様が江戸に来たのは、つい最近のことではありませんか」

「江戸に入ったときに見た……」

「いい加減なことを言うのはやめてもらいましょう」

ばかばかしいという顔つきをする近江屋に、伸十郎は追い打ちをかける。

「そうか、逃げ口上を続けるのなら、やはり禁止してもらわねばならんな。二十日では不足か。ひと月でもよい、いやふた月……三月《みつき》かな……」

「あなた様にそんなことはできますまい」

お登志はきりりとした目付きを解いて、笑みを浮かべながら、

「ご存知と思いますが、私には懇意《こんい》にしていただいている高積同心の柳原清士郎さまというお方がいるのですよ」

「………」

「どうなのです？　いまの話をしていいのですね？　ご商売に差し障りがあると思いますが？」

近江屋は、手を擦り合わせたり、大きく息を吸ったり落ち着きを失っている。

「そんなことを言われても……」

苦虫を嚙み潰している近江屋に、伸十郎は親切ごかしの笑みを浮かべた。

「だがな、魚心あれば水心でもある……」

「天下の近江屋さんですもの、話はわかっていただけますよねぇ」

お登志も、にこりとしながらさらに追い打ちをかけた。

しばらくして、近江屋は大きく息を継ぐと、

「……わかりましたよ」

近江屋久右衛門は立ち上がり、金箱から十両取り出して、お登志に渡した。

お登志はにんまりとして、ありがとうございます、とていねいに頭を下げた。続いて伸十郎も、すまぬなぁ、といかにも義理堅そうに手を突いた。

店の外に出ると、ふたりは顔を合わせて大笑いをした。

翌日の巳《み》の下刻。

清士郎が伊之助をともなって青葉屋の前で届いた荷駄の点検をしている。呉服の入った箱が通りを邪魔していないか、積み荷が高すぎて崩れないかなど見廻りをしている途中、足を止めた。

「これこれ、ここをそろえよ」

「はい？」

声をかけられた人足のひとりが、清士郎の言葉に怪訝そうな目つきを返した。

「この箱の角が一寸《ちょっと》ずれてるじゃねぇかい」

尻端折りをして、半纏《はんてん》を着ている中年の人足は、首をかしげている。

「飲み込みの悪い奴だ。ここだ」

そう言って清士郎は、並んでいる箱のひとつを十手で叩いた。

「ほれ、ここが飛び出してる」

中年の人足は、しょうがないという顔つきをしながら、箱の角をそろえ始めた。

青葉屋の前で清士郎がそんないつもの真っ直ぐ癖を出している頃、青葉屋の一室ではお紋がお登志や仲十郎に頭を下げていた。

「ありがとうございました。こんなにたくさん……」

仲十郎が、お紋を見ながら答える。

「気にするな。あんなゲジゲジたぬきからはもっと取っても良かったのだが。これで坊やの治療をしっかりすればよい」

お登志もにこにこしながら、仲十郎に体を向けた。簪が揺れ、匂い袋から香りが漂う。

「それにしてもあっさりとだまされるなど、日頃の心がけが悪いからだ」

「申し訳ありません」

答えたのは、お登志ではなくお紋だ。自分の名を騙《かた》られたと聞いて、しおれている。それまで機嫌のよかったお登志の顔色が変わった。

「私とお紋さんは友人です。ですから変事が起きたと知らされたら、心配になるのは当然のことでしょう」

怒りの混じった目つきで仲十郎を睨んだ。

「……そんなものか」

仲十郎は、素知らぬふりで答えた。

「だが、今後は気をつけたほうがよいな」

仲十郎も後には引かない。

しばらく気まずい空気が流れた。

そこに仕事が終わった清士郎と伊之助が座敷に入ってきた。清士郎は、ぴたりと膝をそろえて座ると、

「お登志さん、なにごともなくてよかったなぁ」

うれしそうに微笑んだ。その言葉で場の雰囲気が元に戻った。お登志はごほんと空咳《からぜき》をしてから、

「さて、仲十郎さま……こんなことをされては、ますます近江屋は私に悪さを仕掛けてくるかもしれません。あなたさまが助けてくれたのですから、今後もきっちりと責任を取ってもらいましょうか」

「うっ……」

「どうです？」

言葉に詰まって、仲十郎は話を変えた。

「……それはそうとお紋さんが私を狙ったのはなぜだね？」

お登志とお紋が意味深な目で合図を交わす。

「それについては謝ります。近江屋がしつこいので、用心棒を探していたのです」

お登志が手を突いた。

「私の腕を試したのか」

「あの両国の出来事は予測外のことでした。本来は、お紋さんがあなたさまの腕を試して、その結果、私が声をかける手はずでした。ところが、三田法斎の手の者が不意に襲ってきたのであのようなことになったというわけでございます……偶然というのは恐ろしいものですねぇ」

怒りの消えた目に戻ったお登志は、居住まいを正して、仲十郎に向かった。

「離れをきれいにしておきましたよ。いつまでも旅籠暮らしをしているわけにはいきませんでしょう。それに剣術道場を建てたいのなら、用心棒稼業をしながらお金を貯めたらどうですか？」

ううむ、と仲十郎は腕を組んだ。

「お登志さんの言葉にも一理ある……」

そうつぶやくと、組んだ腕をといて、

「……あいわかった」

よろしく頼む、と仲十郎は頭を下げた。

清士郎は肩から力を抜いて、しょうがねぇと呟いた。

伊之助は我関せずとあらぬ方向を見つめていた。

第二話　幼なじみ

一

ここは浅草奥山の路地。

奥山で仲間と一杯やった大工の仙造《せんぞう》は、いい心持ちで時の鐘の前を歩いていた。

まだ木戸は開いているだろう。

三日後から新しい芝居小屋の仕事が入っていた。

仙造は、芝居小屋の大道具を作る大工なのである。役者や小屋主たちと大入りを願っての飲み会であった。

今度の芝居は大仕掛けが必要で、どんでん返しや人が消えるからくりを作った。

その出来を誉められて、いい調子になったのである。

時の鐘を過ぎたところで、仙造はふと目を見張った。

暗闇にふたつの影が揺らめいていたのだ。

奥山から遠くはない。人がいても不思議ではないが、仙造はどこかそのふたつの影を剣呑《けんのん》に感じた。

足を止めて、引き返そうとしたそのとき、小さな影のほうが矢のように自分に向かって走ってくるのを認めた。

酔っぱらっている仙造は、逃げようにも足がもつれて動けない。

あっという間に影が前に立った。

唇が動いたように見えたが、それは舌先だったらしい。

ちろりと伸びたその舌先を見たのが仙造の最期だった。

影は、下から逆袈裟《ぎやくげさ》に仙造を斬り倒したのである……。

床の間の花瓶に挿《さ》してある花が隙間風に揺れた。

甚助はそわそわしながらお登志を見つめている。

お登志は、それまで楽しそうにしていた表情を厳しく変えた。気の強そうな雰囲気が戻った。

帯の様子を手で窺うと、ぽんと叩いて立ち上がり、

「幼なじみ？　甚助さんも知った顔ですか？」

「それが……あまり覚えては……」

「名は？」

「何度訊いても答えてくれず、どうしても会ってから本人に告げるといって聞きませ

ん……」

甚助は目をしょぼつかせて申し訳なさそうだ。

お登志は、座敷に向けおじぎをして、外に出た。後ろからついていく甚助の顔は表情が硬く木彫りのようだ。

「なにをそんなに心配しているのです？」

お登志は、半分笑いながら声をかけた。

「名も名乗らないような侍と会わせていいものかどうかと思いまして……」

「幼なじみだというのだから大丈夫でしょう」

表玄関に出ると、侍が立っていた。

背は低い方だろう。やけに白い顔が特徴的で、顔全体も小ぶりだが、肩がやたら張っていた。群青色《ぐんじょう》に白い小紋が拡がった小袖に、黒の袖無し羽織。袴は千載茶《せんざい》だった。体の割には長い刀を差していた。

目は細く長く鼻はどちらかといえば団子鼻だ。二十二歳のお登志よりは少し幼く見える。

そこまで観察してもお登志の顔は変わらない。とても幼なじみに会った表情ではなかった。

帳場から玄関口に進んだお登志は、侍の前に立った。侍は、お登志よりも背が低かった。つい見下ろすような形になり、お登志は目線が同じになるように腰を落として膝を曲げた。

「あの……どちら様でしょう」

窺うような目つきで尋ねた。

「ふふ……お登志さん、お忘れかな?」

「……?」

お登志は小さく首を傾げ、手を頬に当てた。

「私です、倉田小太郎《くらたこたろう》です」

「……倉田……小太郎さん」

数呼吸の間、空を見るような仕草をしたが、

「あの……こたちゃん?」

「そうです、そのこたちゃんですよ」

まぁ、とようやくお登志の顔に笑顔が拡がった。それまでの緊張が一気に解けたのか、肩の力が抜けた。

「まったくわからなかったわ」

「もう十二年だから」

「そんなになるのねぇ……」

「あのときの約束を果たしに来ました」

「約束？」

「そうです……」

「あ……」

お登志は思い出していた。

小太郎とはそれほど仲が良かったわけではない。だが、小太郎はお登志を見つけてはいつもそばに寄ってきていた。

こんなことがあった。お登志が十歳のときである。

桜が咲いていたから春だったのだろう。

手習いに行った後、その日の帰り道はふたりで歩いていた。小太郎が洲崎《すさき》に行ってみようと誘ってきた。

洲崎は十万坪とも呼ばれ、浅瀬が続き潮干狩りなどもできて人気の場所だ。三十三間堂を過ぎ、入船町《いりふね》に入るとすぐ目の間に遠浅の海が拡がっている。

その日は、暖かく水も温《ぬる》んで見えた。小太郎が水際まで走っていった。

だが、前日は雨だったせいか、地面はぬかるんでいた。

小太郎の足が滑《すべ》った。

水嵩《みずかさ》も普段よりは増していたところに、小太郎の体が吸い込まれそうになった。

二、三度小太郎の体が水面から浮いたり沈んだりする。

「こたちゃん！」

お登志は必死になって自分から水に入り、小太郎の手を摑んで引き上げた。

自分の命が取られるのではないかと考える間もなかった。

ずぶ濡れになったふたりは、もつれあったまま草の生えている場所まで戻り、倒れ込んだ。荒い息を吐きながらしばらく仰向けになったままであった。

しばらくして小太郎が体を起こした。

「お登志ちゃん……ありがとう。泳ぎは苦手なんだ……」

「こたちゃん……」

お登志は急に恐怖がわきあがってきて体が震え出した。小太郎は起き上がった。数歩先に咲いている花に手を伸ばし、摘んで戻ってくると、お登志に差し出した。

「これ、お礼代わり……」

花の名前は知らなかったが、鮮やかな黄色がお登志の目に飛び込んできた。

「ありがとう……」

ようやく震えが止まった。

「お登志ちゃんは命の恩人だ」

「……こたちゃん」

「なにか困ったことが起きたら、今度はおれが助ける」

「ありがとう」

ようやくお登志の顔に笑みが戻った。

想い出を辿《たど》るような目つきをするお登志に、倉田小太郎は喜びとも悲しみともつかぬ不思議な笑みを浮かべ、唇の間からかすかに赤い舌先をのぞかせた。

「噂でお登志さんが、近江屋なる商人につきまとわれて困っていると聞いた。もしそれが本当なら斬る」

「まぁ……」

「あのときの約束がやっと果たせる……」

小太郎は目を光らせた。なにかを搦《から》め捕るような目つきである。

「子どもの頃の話ですよ」

お登志は当惑した顔つきで答えた。

だが、小太郎は約束は約束だ、と答えた。

幼い頃からなにかに執着するところが感じられていた小太郎である。成長してもそれは変わっていない。

「とにかくお上がりになって」

だが、小太郎はお登志の誘いに待ったというように手を伸ばして、

「いや、また来ます。今日はお登志さんの顔を見に来ただけだから」

「でも……」

「また来ます……」

そう言うと、突然、小太郎の目つきが鋭くなった。

お登志は訝《いぶか》しげに後ろを向いた。

「あら……伸さん」

いつ来たのか、伸十郎がのっそりと立っていた。

「………」

伸十郎は、小太郎に向けて小さく体を前に傾けた。だが、視線はまっすぐ小太郎に向いている。

小太郎は、仲十郎を値踏みするように目を細めた。ヘビのように赤い舌先がちろりと伸びてすぐ隠れた。

仲十郎と小太郎の視線が絡まった。お登志がふたりの間に生じた剣呑な雰囲気を感じて、つとめて明るい声を出した。

「こちらは、今日からうちの用心棒をやってもらうことになった秋森仲十郎さまです。こちらは」

「聞こえていた」

仲十郎が、あっさりと答えた。

あら、という顔つきをしてお登志はそうですか、とつぶやいた。

お登志は後れ毛を直しながら、

「小太郎さん、お住まいは？」

「道灌《どうかん》山の麓にある河原《かわはら》道場にお世話になっています」

「道灌山……」

お登志が眉を動かした。

「お登志さん、また来ます」

小太郎の目は仲十郎を射るように見つめている。お登志は、あらと小さく声を出して、そうですか、と肩を落とした。

　小太郎はそれまで仲十郎に向けていた剣呑な色を消すと、ていねいにおじぎをして踵《きびす》を返した。肩幅が広く長い刀を差した倉田小太郎の後ろ姿は、他人をすべて拒否しているように見えた。

「仲十郎さん、なんです、さっきのあの顔は」

　座敷に戻ると、お登志は仲十郎の前に膝を揃えて座り、詰め寄った。

「なにか不遜な態度でも取ったかな」

　仲十郎は頬をぴくりと動かした。

「ずぅっと仏頂面《ぶっちょうづら》でしたよ」

「ふむ」

「私に幼なじみがいたことが気に入りませんか？」

「まさか」

「……まさか？　ほかに言うことは？」

「……ない」

　仲十郎は立ち上がり、座敷から廊下に向かった。

　ふたりの間でうろたえていた甚助が、お登志を窺った。お登志は、ぷいと顔を斜めに向けただけであった。

二

青葉屋の外に出た仲十郎は、懐手をしながら顔を左右に動かした。二度三度と顔を振っていたが、結局、右側に向かって歩き出した。

そのまままっすぐ行くと大川に出るが、途中、右側には三十三間堂があるせいか、弓をかついで歩く者が数人見える。富岡八幡宮の前には人の波が見える。水際の芝草が伸びてきているのか、左にある掘割から漂ってくる匂いが春を感じさせた。

通りを歩く町民たちの格好も、厚手のどてらを着ている者は減っている。

仲十郎は富岡八幡、二の鳥居前に出ている屋台の長床几《しょうぎ》に腰を下ろした。女が寄ってきて前垂れで手を拭きながら、注文を訊いた。仲十郎は、甘酒を頼んだ。土焼きの茶わんが出てきて、それをゆっくり飲んだ。

「仲十郎の旦那」

声が聞こえて顔を上げると、伊之助が立っていた。柳原清士郎の姿も見えたが、遠くの店の前で、店主らしい男と立ち話をしていた。

「どうしたんです？　こんなところにひとりで」

「ちとな」

「……はぁ、その顔はまたお登志さんに怒鳴られましたね」

「わかるか」

仲十郎は眉を動かした。

「へっへへ、まぁおおかたそんなところと予測はつきます」

「そうか」

「仲十郎さま……もう少しはっきりしたほうがいいですぜ」

「ん？」

「言葉をけちると江戸の女には嫌われます」

そうかなぁ、と仲十郎はあくびをしながら答えた。

そこに柳原清士郎がぷりぷり怒りながらやってきた。

怪訝《けげん》な顔をしている仲十郎に、清士郎は喋りかける。

「さっきの店主、荷物が店の前からかなり出ていたからもっと奥に引っ込めろ、きちんと並べろと言ったのに、そんな場所がねぇとか、人足が動いてくれねぇとか言い訳ばかりしやがる」

清士郎は、その育ちの良さそうな顔付きに似合わないべらんめぇ言葉で愚痴った。

「ところで清士郎」

仲十郎が声をかける。

「倉田小太郎という浪人を知っておるか」

「倉田？　はて知らん」

「お登志さんの幼なじみだという話だが」

「幼なじみ？　そいつがどうかしたのか？」

「いや……ただ訊いてみただけだ。どうにも気になってな」

「気になる？　お登志さんといい仲なのかい」

「そうではない」

「倉田小太郎……聞いたことのねぇ名だが」

清士郎は、首を傾げながら考える仕草を続けた。

「……いや、ただの考えすぎかも……」

「調べたほうがいいのなら、伊之助にでも」

「……ふむ」

仲十郎は、懐手をしながら目を細めると、

「じゃ、道灌山にある道場とやらに行ってみるか」

とつぶやいた。

道灌山？　清士郎が怪訝な顔をする。仲十郎は、倉田という浪人は道灌山のそばにある道場に寄宿しているらしいと伝えた。

「剣客《けんかく》なのかい」

「そのようだ」

ふぅん、と清士郎は首を振る。

「そんな奴の話はお登志さんの口から聞いたことはねぇなぁ……」

「取り越し苦労ならいいが」

仲十郎は懐手を解いた。清士郎は役目があるから一緒には行けねぇ、と悔しそうに呟いた。

「伊之助、行こう」

「道灌山ですかい」

善は急げだ、と頷いて仲十郎はすたすたと歩き始めた。

「でも……その倉田某とはさっき会ったばかりなんですよね？」

「そこが狙いだ。まさかすぐ私が道場に顔を出すとは夢にも思うまい。驚かすのが目的なのだ。先んずれば敵を制す」

伊之助は、はぁと半分納得したような顔をした。

仲十郎と伊之助は、門跡前を抜け上野山下《うえのやました》から寛永《かんえい》寺の横を進んだ。上野のお山の桜は三分咲き。気の早い連中のなかには、すでに木の下で酒を飲んで大虎になってい る者もいた。

さらに日暮《ひぐらし》の里を越えていくと、道灌山の崖《がけ》に当たった。

そこから佐竹《さたけ》家の下屋敷をちょっと奥にはいったところに、剣術道場があった。

黒い板塀で囲まれていて木戸門が厳《いか》めしい。

門には、神道《しんとう》流、河原陣九郎《じんくろう》道場と書かれてあった。

仲十郎はその門の前でしばらくたたずんでいる。

「こんな道場を持ちてぇんですかい」

「先の話だがな」

「あっしみてぇなただのそば屋の息子でも入門できますかい」

「もちろんだ」

仲十郎は微笑んだ。

「それならうれしいですねぇ」

「侍も町民もわけへだてはせぬ」

「早く作ってください……でもそうなると、青葉屋の用心棒稼業は終わりになるから、お登志さんは寂しがりますよ」

「……そうかな」

顔を伊之助に向けた伸十郎に、伊之助はへぇと答えて、とにやけた。

「間違いありませんや」

「さて……で、どうします？　なかに入りますかい？」

「ふむ」

伸十郎は、顔を厳しくして、

「いっそのこと……」

伊之助が伸十郎の顔を見つめると、ここで待て、と小さく答え、伸十郎は門を潜った。

玄関まで飛び石が並んでいて、思いのほかきれいだった。左右には、銀杏《いちょう》の木が数本並行して植えられていた。植木屋が木の上に上っていて、剪定《せんてい》をしているのが見えた。

　仲十郎がずかずかと歩いていくと、植木屋が木の上からじっと見てきた。仲十郎は、にこりと笑顔を送りながら玄関に入った。

　訪《おとな》いを乞うと、袴の股立《ももだ》ちをとって汗を拭きながら中年の剣士が出てきた。別に不審そうな顔はせずにいるところをみると、けっこう訪ねる者がいるらしい。手ぬぐいで額の汗を拭きながらも、笑顔を絶やさない。

「ひとつ手合わせを願いたい」

　仲十郎は静かに頭を下げた。

「……？」

　剣客とは見えずただの浪人にしか思えない仲十郎の姿に、応対に出た中年剣士は、戸惑いを見せた。

「道場破りにも見えぬが……」

　答えとも独り言ともいえぬつぶやきだった。

「いや……もちろん道場破りなどではない」

「いま先生は留守にしておるが」

「ご高弟、いや誰でもよいのだが。私は秋森仲十郎と申す一介《いっかい》の浪人です」

「その浪人がなにゆえ当道場に？」

「いま噂の河原道場にお手合わせを願いたく」

ほう、と中年剣士が疑いの目つきをしているところに、またひとり門弟がやってきた。最初の中年よりは若く見える。汗をかき、頬を真っ赤にしていた。稽古《けいこ》からひと休みして出てきたらしい。

しばらくふたりして小さな声で話をしていると、中年の方がお上がりください、と伸十郎を誘った。

伸十郎はちらりと伊之助が待っている門前に目をやり、待て、と口を動かしてからなかに入っていった。

三

伸十郎が稽古場に姿を見せると、打ち合いをしていた門弟たちは一斉に手を止めて羽目板にそって整然と並んで座った。

「乱れがない……」

伸十郎がつぶやくと、中年剣士はちらりと伸十郎に目を向けた。その目は当然、と答えていた。

正座をして道場の中心を開けた門弟たちは、一様に目を輝かせている。仲十郎はゆっくりと一回りすると、上座から少しはずれたところに、倉田が座っていた。

仲十郎と目が合うと、倉田は握っていた拳に力を入れた。

「なにをしにきた」

目を合わせて、鋭く訊いてきた。

「いま噂の河原道場とはどういうところかを知りたくてな。一手《ひとて》教えを乞いに……」

「……私の腕を見にきたのか」

倉田は、お登志と話していたときとはまるで別人のように無表情である。

「そんな大それたことではないのだがなぁ」

のんびりと答えた仲十郎に、倉田は深呼吸をすると大きく肩を動かした。

「用心棒は腕をなまらせてはいかんからなぁ。一手ご指南していただこうとな」

「とぼけるのか……」

「まさか……本当のことさ」

「………」

倉田は、口の間から舌先をちろりと見せると、上座に座っていた色黒の侍になにご

とか話しかけた。色黒の侍は半分驚き顔をしながら倉田の話を聞いていたが、仲十郎を改めて見つめると、

「師範代の山平圭助《やまだいらけいすけ》である」

山平は仲十郎に告げると、

「当道場は他流試合を禁じてはいないが、勝負はときの運、不具になるやもしれぬからそのつもりで。よろしいかな？」

「………」

仲十郎は小さくおじぎする。

「では……」

山平は、羽目板にそって整然と並んですわっている門弟たちを眺め回して、ひとりの弟子の名を呼んだ。

「金田《かねだ》！　お相手を」

はい、と大きな声が道場に響いた。

立ち上がったのは、にきびが残っている幼顔の男だった。

指名された名誉を感じてるのか、体から喜びが溢《あふ》れていた。前に出てくると、ふぅとひと息を吐いて、金田政次郎《まさじろう》と名乗った。

「金田はまだ若いが腕は確かです」

山平の声が届く。

「なるほど……」

仲十郎は、腰の刀を抜き木剣が並んでいる場所に移動して、無造作になかの一本を握った。二度、三度と素振りをすると、

「これでいい」

誰に言うともなくつぶやいて、道場の中心に進んだ。

倉田の目はその仲十郎の一連の行動を見ているうちに、らんらんと光り始めている。唇の間から舌先のちろちろと見え隠れする回数が増えている。

そんな倉田に山平が声をかけると倉田は首を横に振った。

仲十郎にはそのふたりの会話がかすかに聞こえていた。

奴の目的はなにか、と訊かれて倉田はわかりません、と答えていたのだ。

仲十郎は、にやりとすると、金田というにきび面《づら》の男に対したまま蹲踞《そんきょ》の姿勢を取った。

お互いの視線が絡まった。

「いざ」

仲十郎が青眼に構え直し立ち上がった。

「お手柔らかに」

金田も続いた。

数呼吸、ふたりは対峙《たいじ》したまま動かない。

仲十郎は、どこを見ているのかわからぬような目つきで金田に対しているだけだ。

やがて、すぅっと仲十郎の剣先が斜め右に動き、八双《はっそう》の構えに移行し始めたときだった。金田が動いた。仲十郎の開いた左の肩に向けて鋭い突きを入れてきた。

仲十郎はそれを右に飛んで避け、大きく八双から袈裟《けさ》に斬り落とした。

「あ！」

門弟の全員が金田の左肩が打ち砕かれる、と目をつむろうとしたとき、

「きえ！」

金田の木剣は、左上に伸び仲十郎の剣を跳ね返した。同時に仲十郎の手から離れた木剣は倉田を目指して飛んでいった。倉田は、自分が持っていた木剣でそれを難なく跳ね返した。

「どえ！」

気合いとともに金田は、勢いをつけて素手になった仲十郎の左腕を叩いた。瞬間、

仲十郎は体を沈めて、

「まいった！」

と叫んだ。

おう、と周囲から感嘆の声があがった。

門弟たちは、金田の咄嗟《とっさ》の体捌《さば》きに感心した体《てい》で、隣の者と笑顔を交わしあっている。

「おみごと……さすが噂の河原神道流」

仲十郎は、そう言うと左腕を右手で押さえたまま、中腰で廊下に向かって逃げるように道場を後にした。

どっと大きな笑いが湧き上がるなか、倉田は細めた目に昏《くら》い光を宿して仲十郎を見送っていた。唇の間からはみ出た舌先が歯で嚙まれていた。

「どうでした？」

伊之助が、待っていたという顔付きで寄ってきた。

「負けた」

と左腕をみせるが、うっすらと赤くなっているだけであった。

「これは？」

「敵に打たれたのだが、思ったよりなまくらな相手だからうまくよけることができたのだ」

「はぁ……倉田と戦ったのでは？」

「いや……違う相手だ。しかし、あの倉田という男は強い」

「……なんだかよくわかりません。戦っていねぇのにわかるんですかい？」

「私の投げた木刀をあっさり叩き落とした。並の腕ではない」

「そうなんですかい」

伊之助は不安な目つきをする。

「……ここに来たのは、倉田某の腕を知るためでしたんで？」

「……道場の雰囲気を見たかったこともある」

「ははぁ……ご自分で持ったときに参考にするとか？」

仲十郎は、そんなところだとつぶやき、ふたたび、

「あの男は強い」

仲十郎は唇を結んでいる。

道灌山の切り通しの崖が迫っている。ときどき行商人が通り過ぎるだけだが、その

たびに体を横にしなければいけない。

伊之助は、問いながら来た道を振り返り、仲十郎を窺った。

仲十郎は、崖を見上げた。上の方に歩いている人が見えた。

「あの男の腕を確かめたかったのだ。その目的は果たしたが……」

「果たしたが……なんです？」

「邪剣だ」

仲十郎は、吐き捨てた。

「お登志さんに近付くのを止めなければ……初めに見たとき、危ないと感じた。お登志さんに近づけていいのか悪いのか、それを見極めるのも用心棒の仕事だろう。見立てが間違っていたらお登志さんに申し訳がたたんからな」

「そんなに危ねぇ野郎で？」

「邪剣を扱う者に、女は弱い」

「本当ですかい？」

疑惑の目で伊之助は問うが、仲十郎は厳しい目つきを続けているままだ。

「親分……」

仲十郎の目が伊之助を射た。

「……わかってます。あの倉田という野郎がどんな男か調べるんですね」

伊之助の目がぎらつき始めた。

「さすが海道一の親分だ」

四

その日の夜、甚助が仲十郎の部屋に入ってきた。眉間に皴《しわ》を寄せて、肩をすぼめている。

仲十郎は、見台に向かっていた。

「なにをお読みで？」

「ただの草双紙だ」

「ご冗談を」

表紙には、孫子《そんし》と書かれてある。仲十郎はそれを閉じて、

「どうした、そんな深刻な顔をして」

「仲十郎さん……お嬢さんの様子が変なんです」

「変？」

「あの幼なじみという男が来てから、なにかそわそわしているようで……」

「ほう。甚助さんはあの男を知っているのかい」

「いえ、知りませんが話には聞いたことがあります」

「どんな？」

「幼なじみといっても、それほど長い間近所に住んでいたわけではないということだったと思いますが……」

遠い目をしながら、甚助は倉田小太郎の話を思い出す。

それによると、おそらくお登志が十歳になったかならない頃だという。

仙台堀沿いにある冬木《ふゆき》町に住む手習いの師匠のところにお登志は通っていた。

近所には松平《まつだいら》家、戸田《とだ》家などの武家屋敷もあり、そこからも数人の子どもたちが習いに来ていた。

そのなかに倉田という名の男の子がいたというのである。倉田家にはふたりの男子がいたとお登志は話をしたことがあったらしい。甚助はすでに使用人として働いていたが、覚えていなかった。

倉田家は旗本本堂《ほんどう》家八千石の家臣だった。下屋敷が仙台堀沿いにあった。

伸十郎は首を傾げた。

「旗本の倅《せがれ》？　あの恰好は、どう見ても浪人だが……」

あのみすぼらしい恰好は、禄を食《は》んでいる侍には見えない。

「仲十郎さん……なにか哀しそうですが？」

「剣を究めようとする者があのような邪《よこしま》な目をしているのが辛いのだ」

甚助は、目を伏せる。

「仲十郎さん……」

「仲さんでいい」

「では、仲さん……用心棒の仲さん……お嬢さんをしっかり守ってくだせぇよ」

「あいわかっておる」

仲十郎も甚助のまじめな目つきに、背中を伸ばした。

そこに渡り廊下を誰かが歩いてくる音が聞こえてきた。がらりと障子戸が開くとそこにいたのは、お登志である。

「あら……甚助さん」

ばつの悪そうな顔をした。仲十郎一人だと思っていたのだろう。

「いや、ちょっと暇つぶしです」

甚助の答えにお登志は、本当はふたりでよからぬ相談でもしていたのではないかと、目を細め疑わしそうだ。

甚助は目配せをした。仲十郎が道灌山に行ったことは黙っていた方がいいというのである。仲十郎も目で返した。

甚助が辞すと、お登志は立ったまま帯の前部分を揃えながら、

「仲さん……ちょっと尋ねたいことがあるんですけどね」

仲十郎は、視線をお登志に送る。

「今日、会ったお侍さんがいるでしょう」

「幼なじみとやらだな」

「倉田小太郎さんです」

「それがなにか？」

「どう思います？」

「なにを」

仲十郎は推し測るようにお登志を見つめた。

「……あの人のことを少し調べて欲しいんですよ」

間をおいてから、

「私はあの侍のことはまったく知らない。ある程度のことを知らなければ、調べるに

もどこからなにを始めたらいいのか」

「さっき甚助さんからある程度のことは聞いたのではありませんか？」

「ふむ」

「そんなとぼけてはいけませんよ。甚助さんは自分を私の親代わりと思っていますからね、私がおかしなことに巻き込まれないようにと頼みに来たのでしょう。そのときに小太郎さんのことを教えてもらったのでしょう」

「さすがだなぁ」

「だめです、そんなとぼけ顔をしても」

「この顔は生まれつきなのだが」

悪戯《いたずら》小僧のような眼つきをして、ぐいとお登志の顔の前に自分の顔を突きだした伸十郎の態度に、お登志は顔を横に向けた。

「まだわからぬことがある」

「なんです？」

「あの男の父親は本堂家の家臣であったと聞いたが」

お登志はたしかに、そうでしたがと頷いたが、まぶたを閉じてかすかに顔を横に振った。

「噂を聞いたことがあります。お父上はなにか家中で不正を働いたとか……」

「不正？」

「出入りの商人から賄賂《まいない》をもらっていたという話だったと思います。それが真《まこと》かどうかは知りませんが……後で手習いの師匠から聞かされた噂です」

「その師匠というのは？」

「あの頃はまだ三十前だったと思いますが……念観《ねんかん》さんと呼ばれていましたね。以前は寺で修行したことがあるという触れ込みでした」

「元は坊さんか、それなら手習いはお手のものだ」

「そういえば、話がよく脱線して、お経を教えてくれましたねぇ」

お登志は懐かしそうに目を細めて遠くを見た。

「で？」

仲十郎が促した。

「昨年の暮に永代橋の袂でばったり念観さんに会ったんですよ。そのときに、小太郎さんから文が来て、近々江戸に出るというようなことを書いてきたということでした」

「連絡を取り合っていたというのか？」

「いいえ、師匠も驚いていました。倉田小太郎という名を見ても、すぐには思い出すことができなかった、と話していましたから」

「その師匠、いまはなにを？」

「いまは悠々自適に暮らしていますよ。奥様をおもらいになってからはふたりで手習いを教えています。場所は柳橋《やなぎばし》のほうに移ったということです」

「倉田小太郎についてだが……道灌山の河原道場との関わりは？」

「お父上が河原さまと懇意《こんい》にしていたはずです。剣術を習っていたとか」

「ほう」

仲十郎は、顎を撫でながら、思案顔をする。

「……とにかく、もう十年以上会っていなかったのですから、なにをしているのかは知りません。それを知りたいのです。十二年ほど前に倉田家は深川を出て行きました」

「ふむ……小太郎には兄弟がいたそうだが、その男はどうしたのだ」

「さぁ、一家そろって上方《かみがた》のほうに逃げるように引っ越したと聞きましたが……」

仲十郎は頬に手を当てながら、よくわからぬ話だ、と呟いた。

お登志は、頼みましたよ、と言って仲十郎から離れた。

仲十郎は、急に顔つきを変えて、

「やっかいなことにならなければいいが」

呟くと体を捻り刀掛けにかけていた大刀を手にし、鯉口を切りすらりと抜いた。両目の間に立てて鎬《しのぎ》を見つめた。仲十郎自身の顔が刃文と重なった。

五

それから三日後——。

近江屋が訪ねてきた。

「お登志さん」

近江屋は、玄関口に立ったままお登志を呼んだ。

怪訝な顔をしながら、帳場からお登志が近江屋の前に立つ。

「どうしたのです、近江屋さんが直々のお出ましとは」

お登志は、冷たい声で問う。

「そんな顔をされては私も困りますが……それにしてもお登志さん、おかしな侍を送りつけるのはやめていただきたいのだ。それを伝えに来ただけです」

「おかしな侍？」

「体の小さなお侍ですよ。その割には肩幅が広く、体には似合わないほど長い刀を持っていました」

その言葉に、お登志は目を見開いた。

「小太郎さん……」

「そのようなお名前でしたかな。突然現れたと思ったら毎日来るのです。その度に、お登志さんにつきまとうのはやめろ、とひとこと言いおいて帰っていくのです。もし、お登志さんに迷惑をかけるようなことがあったら、容赦なく私を斬るなどと」

「まぁ」

「おかしな用心棒を雇っただけでは足りなくて、あんな侍まで借り出すとは……。少しやりすぎではありませんか」

「……お待ちください。私とは関わりはありません。いま初めて知ったことです」

「……？」

近江屋は首を傾げる。

「しかし、お登志さん、あんたの名前を出したのは間違いない。あんな侍につきまとわれては迷惑です。なんとかしてもらわないと……」

近江屋が帰った後も、お登志は困惑の表情を続けていた。帳場に戻っても厳しい顔つきのままである。番頭の善右衛門が近江屋にまた嫌がらせでもされたのか、と問いかけてきたが、お登志は、いえ、と小さくひと言答えただけであった。

仲十郎は、となりの一膳飯屋にいた。近江屋がお登志を訪ねたことは知らない。一番奥の小上がりにいると、清士郎がのれんの曲がりを直しながら入ってきた。仲十郎を見つけると、となりに座った。

こんな場所でも清士郎は、きっちりと背筋を伸ばし、膝を揃えている。仲十郎はそんな姿を見て苦笑する。

「どうした？　私になにか用か？」

「あの後、道灌山に行った話を聞こうと思ってな」

「うむ……」

仲十郎は、道場に行きわざと負けた話をした。さらに、倉田小太郎は腕もそうとう立つ、と告げた。

話を聞き終わって、清士郎はそういえば、と小首を傾げて、

「仲十郎、ここ数日辻斬りが出るのを聞いたかい？」

「はて、知らん」

「俺は定町廻りではないからな、詳しくは聞いておらぬのだが、鮮やかな手口で斬られているらしい」

「ふむ」

「それも斬り口はすべて下から上に逆袈裟に斬られていたという話だ」

「なに？」

仲十郎は急に箸《はし》の動きを止め、鋭い目つきで清士郎を見つめた。

「いま聞いた河原道場の話に通じるものがありそうじゃねぇかい？」

「…………」

仲十郎は食べ終わってようやく箸を置くと突然訊いた。

「暇か？」

「はぁ？　なんだいいきなり」

「ちょっと付き合え」

「どこに」

「……辻斬り探りだ」

「はぁ？」

「河原道場で戦ったとき、相手が最後に使った手が下からの逆袈裟斬りだった」

「なんだと？」

「それだけではない。はずみに見せて持っていた木刀を倉田に向けて投げたら、それを簡単にはじき飛ばした。そのときの手の動きがやはり……」

「逆袈裟斬りだったと」

うむ、と仲十郎は頷いて清士郎の目を見つめる。

「怪しいだろう」

「確かに……だが、河原陣九郎先生という人は人格者として知られる剣客《けんかく》だぞ」

「だとしたらよけい気になる」

「なぜだい」

「倉田小太郎の剣さばきは邪剣だ。ところで陣九郎先生の得意技は逆袈裟斬りか？」

「そこまでは知らねぇなぁ」

「人格者といわれる陣九郎先生が、なにゆえに邪剣の倉田を寄宿させているのか？」

「それが問題だと？」

「河原陣九郎という道場主に会ったらなにかわかるかもしれん。青葉屋の用心棒としては後顧《こうこ》の憂《うれ》いは絶ちたいからな。ついでに辻斬り退治になるかもしれん」

道灌山は緑に色づき始め、芽吹いている。これまで裸だった樹木は装いを新たにして、道行く人たちに楽しんでもらおうとしているようだ。そんな枝には鳥が止まって、鳴き声を上げている。

まさに春の足音。

「いい季節になったな」

歩きながら伸十郎が呟いた。

「おや、伸さんでもそんな台詞《せりふ》を吐くことがあるのかい」

「私は数年の間、野山を歩き回って来たのだ」

「おぉ、そうであったなぁ」

清士郎は、もっと突っ込んで江戸を離れてなにをしていたのかを訊きたそうな目つきをするが、伸十郎は無視をする。

崖下の切り通しのような場所を歩き進んでいくと、小さな畑があった。そこに手ぬぐいで頬っかむりをした初老の男が、床几《しょうぎ》に座って空を仰いでいた。渋茶の作務衣の手や足先は泥だらけである。

汚れをぽんぽんとはたき落とすような仕草をすると、伸十郎と清士郎が歩いている方向に視線を向けてきた。

「や……あれは……」

清士郎が、河原陣九郎どのだと驚きの声をあげた。

「以前、奉行所内で剣術大会を開いたことがある。そのときに審判をしていただいたのだよ」

「ふぅん」

伸十郎は、足を止めて陣九郎に視線を向けた。

手ぬぐいの頬っかむりといい、泥だらけの格好といい、ぼんやりした顔付きといい、一見しただけではすご腕の剣客には見えない。

だが床几に座った姿は、頭のてっぺんから腰、足の先まで一直線に伸びている。中心線がずれていないのだ。

「さすがだな」

「……たしかに」

飯田町の龍虎と呼ばれたふたりの目が、陣九郎のただ者ではない姿を捕らえていた。

六

仲十郎は、畑のなかに踏み込んだ。

清士郎も後から続く。

「なにかご用かな?」

陣九郎は座ったまま、まるで緊張感のない声で向き直った。腰に脇差を差しているだけである。目は澄んでいる。陰険な感じを覚える倉田小太郎とは大きな違いだった。

「なにをなさっているのですか?」

仲十郎は、思わず敬語を使った。

陣九郎は、いやぁと頭に手をやり照れた。その顔はまるで悪戯っ子のようで、思わず仲十郎と清士郎は微笑んだ。なにやらの種を植えているのだ、と答えたようだが、ふたりに種の知識などない。

そうですか、と適当に仲十郎は答えて、

「河原陣九郎先生ですね。少しお時間を」

陣九郎は、いいでしょう、と答えて立ち上がると、

「稽古は休みだから誰もおらん」

と軽く咳払いをしながら、道場に体を向けた。

座っていたときには気がつかなかったが、小柄である。五尺あるかどうか。しかし、歩く後ろ姿に一分の隙もない。

門弟がひとりもいない道場を見回しながら、仲十郎は陣九郎に告げた。

「じつは先日お邪魔したのです」

「話は聞いておる。金田をあしらった由……」

「いえ、そのようなことはありません。さすが先生のご門弟、腕は確かでした」

陣九郎は口を開けて大笑いをする。

「本人や周りはおぬしのことを口ほどもない奴、と笑っておったがな。山平と倉田は唸《うな》っておったよ。それに、倉田は試されたと口から泡を噴いておったわ」

わっはははと屈託のない笑いを見せた。

正面に神棚があり、その下には香取《かとり》大神宮の大きな掛け軸が垂れ下がっている。神道流は下総《しもうさ》の国、香取が発祥の地といわれている。

その前にどっかりとあぐらをかいた陣九郎の姿は、小柄な体が山のようだ。岩山で

はない。柔らかな肥沃な土が堆積した山だ。

仲十郎は、陣九郎の前に腰を下ろしながらていねいに頭を下げた。

清士郎は仲十郎の横に座った。

「おそらく用というのは倉田小太郎のことだな?」

陣九郎が尋ねた。仲十郎は答えずにじっと剣客の目を見つめる。

「…………」

「ほう……そのたたずまい……やはりおぬしも相当な腕らしい」

「それほどでは」

「どうだな……倉田小太郎を斬ってくれぬか」

「は?」

仲十郎は、驚いて膝を揃える。

「あんな邪剣を使う者を生かしておいては周りが迷惑じゃろう」

「はぁ」

「どうだな……そちらの町方さんが斬るか」

本気とも冗談とも見えない顔つきである。清士郎は答えられずにいる。

「どうしてそんなことを?」

「じつはな、あれは父親がある事件に関わったという濡れ衣で詰め腹をきらされたのじゃ。その仕返しをしたい、といって儂《わし》のところにきた」

「しかし……一家そろって上方に越したのでは」

「あいつだけは残ったのだ、ひとりだけでな。つまり、江戸にいたのだよ。だがそれを知られるのは困る。そこで儂は知りあいの家に隠しておいた」

「それはどこです」

「押上《おしあげ》村だ。そこで百姓たちと一緒に暮らし、儂がときどきそこを訪ねて剣術を教えていた」

「父親はそれでいいと？」

「子どもが大きくなって自分の無念を晴らしてくれるなら、それは歓迎だといっておったが、引っ越しをして一年後に病死した。これは疑いはない」

「一家は離散？」

「そういうことだ。あ奴には兄がいたがいまはどこにいるのやらわからぬらしい。小太郎という男はそういう境遇で育ったのだ。いわばひがみの塊のようなものだな。父親が濡れ衣を着せられ、一家はすぐ離散。そんな背景を背負って生きてきたのだ」

「しかし……」

「おぬしが気になるのはあの目であろう……」

「瞑《くら》いのです」

「それもやむをえまいが……しかし、問題は近頃、山平と手を組んでおることじゃ」

「山平さんといえば、師範代」

「そうだが……どうも儂は人を見る目がないらしい」

仲十郎は訝しげな目をする。

「山平は腕は確かでな。だがどこか他人を見下したところがある。だが倉田はもっと強い」

「それほどに」

「強い。それも人を斬る強さだ。真剣で戦ったら儂は負けるだろう」

「………」

「儂は、剣法は人を救うものだと教えてきたのだが……ここの門弟には近在の百姓たちも多いのだが、山平は、剣は人を斬るものだと教え始めた。その方がわかりやすい。儂が心の重要さを説いてもなかなか得心することはできぬらしい」

陣九郎は顔を歪めた。

「それで私に倉田小太郎を斬れと？」

「おぬしなら勝てると見た」

「買いかぶりです……ひとつお訊きしたいのですが。どうして倉田小太郎はいまになって姿を見せたのですか」

「第一の理由は儂が江戸市中に出ることを許したからだ」

「なるほど、それでさっそくお登志さんを訪ねて来たのか」

「お登志さんか……幼なじみと聞いておる。懐かしかったのであろう」

「それだけでしょうか」

「なにか他にあるとでも考えておるのかな？」

「……わかりません」

仲十郎は、額に皺を寄せながら陣九郎に視線を送った。

「本当のところを聞かせていただきたい。どうして倉田小太郎を斬れというのか……」

陣九郎は、急に苦しそうな表情になった。話していいものかどうか思案をしているように見える。仲十郎は、待った。

しばらくして、陣九郎は大きく深呼吸をすると、

「あの者は近在の娘、百合《ゆり》という娘を殺したのだ」

「殺した？」

「いや……正確にいうとそうではない。百合が自害をしたのだ……」

「それと倉田小太郎とどんな関わりが？」

「あの男には少し偏ったところがあってな。相手の気持ちを忖度《そんたく》しない」

「なんとなくわかります」

「あ奴は、その娘に惚れていた。だが娘にはまったくその気はなかった。むしろ気持ちが悪いと嫌っておったのだ。おぬしらも見ておるであろう、ときどき舌を伸ばす癖を」

　伸十郎が頷く。

「あの仕草が、下品だし気持ちが悪いとな……」

　陣九郎は、吐き捨てるように言った。

「だが、そんな娘の気持ちなど小太郎は歯牙《しが》にもかけなかったのだ。むしろ自分の思いを受け止めるのが当然だという勝手な思いに取りつかれていた」

「それで悲劇が？」

「小太郎には押上からあまり外には出ないように厳しく命じていた。なにをしでかすかわからぬからな。だがこの道場には通って来る。道で出会った娘を見て惚れたらしい。道場の帰りには娘の家に行き執拗にどこに行って来たのか、どんな男と話をしたのかなどいちいち訊くようになった。それだけではない、やがて深編み笠をかぶって娘の後をつけるようになったのだ」

「なんと……」

清士郎が嫌悪の表情を見せる。

「百合は後をつけるのはやめてくれと懇願した。だが、小太郎は聞く耳を持たず、行動はどんどん激しさを増していった……ある日……」

そこで陣九郎は口をつぐんだ。目頭が濡れている。

「手籠めにされたのだ。娘がそれを望んでいると勝手に解釈して……嫌がっているのは照れ隠しだ、などと……」

「……それで自害を？」

「道灌山の崖から飛び降りたのだ……その話を聞いても小太郎は眉ひとつ動かさずにいた……」

「両親は？」

「母親は百合が生まれたときに産後の肥立ちが悪く、二月《ふたつき》ほど寝たきりになって、そのまま亡くなった。父親は早くに亡くしていたと聞く」

「そうですか」

「娘が可哀想でな……仇を討ってやりたいという気持ちもあるのだ……だが自分で手を下すのが不憫《ふびん》でな」

陣九郎は大きくため息をついた。

「あの男ももうすでに二十歳だ。いつまでも押上の在においておくわけにもいかなくなった。それに、これが一番の理由だが、父親を貶《おとし》めた相手が江戸に舞い戻ってきた、という噂を聞いたからじゃよ」

「その噂はどこから？」

「山平がどこぞの中間《ちゅうげん》から聞いてきたらしい。おそらく賭場だろう。父親をはめたのは、溝田彦太郎《みぞたひこたろう》という本堂家の側用人だ。小太郎の父親は、倉田義膳《ぎぜん》といって、本堂家の勘定方だったのだが、御用達の呉服屋に流れる金の不正に加担し私腹を肥やしたという話であった」

「その不正をしたのが溝田と？」

「いや、溝田は不正を暴いた方だ。小太郎の父親を告発したらしい。だが、結局のところ溝田も周りから白い目で見られるようになり、いたたまれずに自ら浪人に身をやつしたと聞いている」

「溝田の告発した内容は真実だったのですか？」

「今となっては、その当時を知る人間も残っておらぬので調べはつかん。だが、義膳どのは濡れ衣だと私のところで怒っておった。だから小太郎は溝田を仇と狙っている」

「その溝田はいまどこに」

「山平によると、浅草界隈《かいわい》の芝居小屋のあるところで、用心棒をしているという話らしいが」

「だが、山平はどうして溝田のことまで知っているのです？」

「おそらく小太郎から話を聞いていたのだろう」

「しかし、そんなに簡単に溝田という男が浅草界隈にいると聞き込むことができたんでしょうか？」

「さぁな。中間というのは世知に長《た》けているからではないか」

仲十郎は、ふうむと言って腕を組んだ。

陣九郎はところで、と目を清士郎にぴたりと向け、話を変えた。

「近頃、辻斬りが出ているそうだが」

清士郎は膝を揃え直して、はい、と答えた。

「下手人の目星はついているのかな?」

「はぁ……それが」

「まぁなまなかなことでは捕まらんかもしれん」

「なぜです?」

「なに、そんな気がしただけじゃよ。深い意味はない」

そうですか、と清士郎は陣九郎を睨みつけるように背筋を伸ばした。

「いずれ捕まえます」

清士郎が胸を張ると、仲十郎が陣九郎ににじり寄って、

「ところで河原先生。一手お願いできませんか」

頭を下げた。陣九郎は、じっと仲十郎を見つめていたが、

「よかろう」

そう言って無造作に立ち上がった――。

七

河原道場を訪ねたその日の暮れ六つ半(午後七時)をすぎた頃。

清士郎と別れた仲十郎が青葉屋に戻ると、親父の店にきてくれと伊之助からの言付けが残されていた。

仲十郎が霊巌寺前にあるそば屋の市を訪ねると、伊之助は小上がりの一番奥で手酌で飲んでいた。目の前にはそばがきがどんぶりに盛られている。伊之助は仲十郎の顔を見ると、立ち上がって奥に行き、茶わんを取ってきた。市蔵は奥の調理場にいる。

仲十郎が腰を下ろすと、伊之助が勢い込んで問う。

「青葉屋の者に聞いたんですけど、また河原道場に行ったそうですね」

「うむ。陣九郎先生に会いに行ってきた」

「どうでした」

「強い」

「そんなに強いんですかい」

伊之助が貧乏徳利を傾けながら訊いた。酒を飲み干すと、仲十郎は、うむと答えた。

やがて客は誰もいなくなった。市蔵は看板をはずし、離れた席に座って仲十郎の話に耳を傾けている。

相変わらず、市蔵と伊之助は目を合わそうとしない。そんなふたりに呆れながらも、仲十郎は河原陣九郎と出会ったときの話から、倉田小太郎、山平圭助について陣九郎から聞いた話を伝えていた。

市蔵は垂れ目ながら頑固《がんこ》そうな顔つきで、仲十郎の話を微動だにせず聞いていた。

それに反して伊之助は、酒を飲んだりそばがきを千切って口に入れたり、袂を汚したり、と落ち着きがない。市蔵が苦々しい目つきを送っている。

「そんなに強いんですかい？」

問う伊之助に仲十郎は、

「強いというよりは空気のようだ」

「空気？」

「とらえどころがない。だから打ち込むことができなかった。ただ隙がないという言葉では言い表すこともできない」

「剣術のことはよくわかりませんが、すごいんでしょうねぇ」

「清士郎の旦那も立ち合ったんですかい」

「いや、清士郎は立ち姿を見ただけで、これはかなわん、と尻尾を巻いたよ」

にやりとしながら仲十郎はそう言と、それまで声を出さずに聞いていた市蔵に目を送り、もっと側に来るように誘った。伊之助が嫌な顔をするが、市蔵は太って米俵みたいな体を持ち上げた。

そばに寄ってくる市蔵を避けるように、伊之助は端に寄った。仲十郎は、ふぅと息を吐いて、ふたりの顔を見比べる。本人たちは知らんふりだ。仕方がない、という体で仲十郎は伊之助に話を振る。

「辻斬りでなにかわかったことは？」

伊之助は、あぁと目を見開くと、

「大変なことがわかりやした。ひとり目が浅草にある時の鐘近くの路地で斬られていやした。仙造っていう名で芝居小屋で大道具などを作ってる大工です。ふたり目は、山六《やまろく》という浅草の馬道《うまみち》で貸し本屋をやっている男で、名は六《ろく》兵《べ》衛《え》。この男は小芝居の小屋を持っています。三人目が昨日でやはり浅草奥山から少し鳥越《とりごえ》のほうへ向かったところの橋で斬られていました」

「その男も芝居にかかわりがあるのか」

「そいつは丹《に》右《え》衛門《もん》といって、奥山で化け猫芝居を書いているという話です」

「すべて浅草奥山に関わりがあるな」

「それも、芝居小屋絡みでやすね」

うむ、と仲十郎は唸って市蔵を見つめる。市蔵はなにか言いたそうに、故意に咳払

いをしながら、

「殺された連中は、理由があってその場に行ったんでしょうかねぇ」

そこまで調べはついているのか、と暗に伊之助に訊いているのだ。だが、伊之助はちっと舌打ちをする。

「誰かに呼び出されたとしたら、それは計画的だということになりやすぜ」

市蔵は言い終わると、立ち上がって奥へ向かった。戻ってくるときには、野菜の煮物がはいった小皿を持ってきた。それを仲十郎の前に置くと、

「仲十郎さん、あっしが客たちの話を聞くともなく聞いているとき、耳に入ってきたんですが」

「なんだ」

「辻斬りは金目のものは盗ってはいねぇとのことらしいです。となると物盗りではねぇ。それなのに確実に殺している。刀の試し斬りというわけでもねぇでしょう」

伊之助はふたりの会話を聞いていて、なにかを思い出したらしい。はたと手を打つと、

「そういえば検視のお役人によれば、三人とも即死だったろう、ということでした」

「相当な腕を持つ下手人ということが言えますぜ」

市蔵がしわがれた声を出した。

仲十郎は、眉を動かしてなにかを思い出す仕草をする。それを見ていた伊之助は、河原道場にかかわりのある野郎がいるのではないか、と呟いた。仲十郎は、顎に手をやり目を細めた。

「伊之助親分……河原道場を見張ってくれ」

「……へぇ。ですが誰を見張るので？　倉田小太郎という野郎ですかい？」

市蔵の目がきらりと光り、あっしもちょっと考えたことがありやす、と口を挟んできた。

仲十郎がうむと頷いた。

「じつは……さっきの仲十郎さんの話を聞いていて、少し穿《うが》ったことを考えてしまいました」

その言葉に伊之助は舌打ちをしながら、

「余計なことを……」

と吐き捨てた。

市蔵は、ぎょろりと伊之助を睨みつけ、

「物事ってのは裏の裏まで読むもんだ。それができねぇからおめぇはまだ半人前さ」

「あんたは理屈ばっかりじゃねぇかい。事件は動くんだ。屁理屈ばかりこね回しても意味なんかねぇ。体と足が一番だ」

親子はお互い顔を背け合う。

伸十郎は、その辺にしておけとふたりの言い合いを止めて、市蔵に続けろと手で合図をした。

「伸十郎さんの話を聞きながら、少し興味を持ったことがありましてね。山平という剣客ですが」

「ふむ」

伸十郎は、腕を組んで背を伸ばす。

「中間から倉田小太郎が仇としている溝田という侍の居場所を聞いたといいますが、いくらなんでもそう都合よくいきますかねぇ？」

「嘘だとでも？」

伊之助が息巻いた。

「さぁなぁ。そういう目もあるんじゃねぇかい？」

「なんのためにそんな嘘をつくんだい」

「さぁ、それを調べるのは、おめぇの仕事だろう」

市蔵は皮肉な目を伊之助に向ける。

伊之助は横を向いたままだ。不機嫌に片頬を歪ませている。

ふたりは酒を飲むことも忘れてしまったようにしばらく動きを止めていた。

仲十郎は、いつもと変わらぬ、しれっとした表情で飲み続けていた。

そんな沈黙を破ったのは、仲十郎のひとことだ。

「とにかく河原道場を見張ろう。陣九郎先生でも倉田小太郎でもどちらかが出てきたら、どこに行くか尾行するんだ」

「どちらかが先に出て、遅れて出てきたほうはどうします？」

伊之助が問う。

「私も一緒に見張ろう」

その言葉に伊之助は、これは気合いが入るぜと目を見開いた。

八

春が近いとはいえ、道灌山を後ろに控えている河原道場の辺りは寒い。夜露に濡れた木々の香りが仲十郎と伊之助の周りにまとわりついている。ときどきかさこそと音が聞こえるのは、野ねずみでも走り回っているのだろうか。

漆黒《しっこく》の闇に月明かりだけが道場の木戸門をかすかに照らしていた。仲十郎と伊之助は、その門が見える茂みに隠れていたのである。

「裏門があるかもしれませんねぇ」

伊之助が少し背伸びをしながら呟いた。

「それはない。訪ねたときに調べてある」

闇の中で頷くと、伊之助は腹の周りをごそごそやっていたと思ったら、手ぬぐい包みをとり出した。開くとぷんといい匂いが漂った。

「腹が減っては戦ができませんからね」

弾んだ声で握り飯を摑んで仲十郎に渡した。

仲十郎は、にやりとそれを手に取り、

「用意周到だな。親父さんが作ってくれたか」

「まさか……お加代ちゃんでさぁ」

「お加代？　ははぁ」

仲十郎はそこで言葉を終わらせた。伊之助はどこか不満そうである。

「どうした？」

「いえ……なんでもありません」

「お加代との仲を聞いて欲しいのか」

「へっへへ、そんな仲じゃありませんから」

「そんな仲とはどんな仲だ」

「いやですぜ、伸十郎の旦那」

月明かりに映る伊之助のぎらぎらした瞳が若い。

「まさかお加代にここの話を……」

「その辺はぬかりありませんや。ちょっと親父と喧嘩して腹が減ったのだ、とごまかして作ってもらったんですよ。親父とはいつも仲違いしているのを知ってますからね。疑いを持たずに作ってくれたんでさぁ」

ふふ、と伸十郎は微笑んだ。

「そんなことより、辻斬りは今日だと断じた決め手はなんです?」

「斬られた日が五日おきだ」

「はぁ……なるほど」

し……。

伸十郎が唇に手を当てた。

「誰か出てくる」

門は閉まったままだが、潜り戸がぎぃと音をさせて開いた。そこから小柄な影が出てきた。黒い頬っかむりで顔を隠している。ぶら提灯を持っているが顔に灯は届いていない。月明かりでも顔は影になっている。

腰に差した大小は体のわりには長く感じられた。男は潜り戸を出ると、山下のほうに向かっていく。周囲を気にしてる様子は見られない。

歩く姿を目で追っていた伸十郎が囁《ささや》いた。

「……あれは小太郎だ」

「わかるんですかい？」

「あの長い刀が特徴なのだ」

「あぁ、そう言われてみたらあの小太郎という野郎は、体に似合わねぇ長い刀を持っていましたねぇ」

「し……」

伸十郎は唇にまた手を当てた。一度閉められた潜り戸が、ふたたび静かに開き始めたのである。

「また現れました……」

こちらは提灯は持っていない。

伊之助が、おにぎりを口に頬張りながら仲十郎を見た。

目を合わせたふたりは、握り飯を口のなかに押し込んで呼吸を調《ととの》えた。行くぞ、という仲十郎の合図で茂みから立ち上がった。足元が夜露で濡れていた。

「どっちを追います？」

仲十郎はしばらく思案していたが、

「後から出てきたほうだ。おそらく小太郎が目当てだ」

「誰なんでしょう」

「陣九郎先生だろう。脇差だけしか差していない」

「なぜ陣九郎先生は小太郎を尾けるんです？」

「辻斬りを止めさせるために違いない」

「なるほど……しかし、本当に小太郎が辻斬りなので？」

「おそらくな。斬り口の話から間違いないだろう。清士郎の目は確かだ」

伊之助はうんうんと頷きながら、もうひとつ握り飯を頬張った。仲十郎は、それを見てかすかに笑みを浮かべる。

「若いな」

「……やめてくださいよ。親父の台詞ですから」

ふっと頬を緩めた伸十郎は、まぁ父と子とはそんなものだろう、と伊之助の肩を叩いた。

伊之助は、そうですかねぇと納得がいかなさそうに鼻を鳴らした。

気がつくと小太郎の姿が見えなくなっている。

「急ごう」

伸十郎は伊之助に告げると、陣九郎と思える影の後ろを歩き始めた。

月夜に金龍山《きんりゅう》浅草寺《せんそう》の風神雷神門の影がうっすらと見えている。陣九郎と思える男はそのまま本堂に向かって、昼は人でごった返している参道を進んでいった。取り立てて慎重になっている様子はない。

「あんな歩きかたじゃ小太郎に気がつかれませんかね」

「わざとだろう」

「なぜです？」

答えようとして伸十郎は、ふと目を細め、静かにと言って耳を澄ます仕草をした。

伊之助は怪訝な目を向ける。すぐ伸十郎は緊張を緩めると、

「小太郎に自分が後を追いかけていることを知らせるためだ」

「それじゃ、尾行になりませんや」

「いいんだ。知ってもらうのが目的なのだから」

「……なるほど、小太郎が尾けられていることに気がついたら、辻斬りはできねぇや。それも剣術の師匠が相手ですからねぇ。しかし、小太郎はどこまで行くつもりなんですかね」

仲十郎も足音を消すでもなく、道の端に寄るでもなく、後をつけているというのに注意を払っている様子はない。伊之助は一緒に歩きながら小首を傾げるが、仲十郎はふふと軽く笑うだけだ。

陣九郎らしき男は本堂を越えて、右側に建つ五重の塔の裏に回ったところで足を止めた。よしず張りの簡易な露店が並んでいる場所だ。昼は組み立てられて店となっているがいまは畳まれている。辻灯籠の灯もそれほど役には立っていない。

仲十郎は伊之助の袖を摑んだ。歩みを止めて陣九郎の動きを窺っている。と、いきなり陣九郎が駆け出した。仲十郎は無言で追いかける。

周囲は暗い。早足でさらに闇のなかに駆け込んだ陣九郎と思える影の足音だけを頼りに追いかけた。

すぐ追いついた。月光の下、三人の影が二対一で対峙している姿が、ぼんやり見えた。仲十郎は離れたまま成り行きを見守っている。

突然、影が動き出した。三人が入り乱れた。

こちらに向かってくるひとりの顔が月光に映った。

「あれは、山平圭助……」

仲十郎が唸った。伊之助は師範代ですねと囁いた。

ひとりが逃げ出した。陣九郎と思える影だ。それを追いかける影は小太郎だろう。

逃げた影が仲十郎の前で止まった。

「やはり……おぬしか」

陣九郎である。小柄な体が闇夜のためかさらに小さく見えた。だが、そのたたずまいは決して小粒ではなかった。

「陣九郎先生……ばれていましたか」

ふっと陣九郎は頰を動かして、

「むしろ気がつかせようとしたのではないか」

「……すっかりお見通しで」

伊之助はふたりの会話にちっと舌を打って、

「おふたりさん……切羽詰まっているはずなのになにをしてるんですか……やつらがこちらを狙ってきていますぜ」

陣九郎と小柄な体軀は同じだがその佇まいはまるで異なり、邪悪な匂いを発した小太郎が近付いてきた。白い顔に目が獣のようにらんらんと光っている。山平は隠れるように小太郎の後ろに立っていた。

小太郎が寄ってきた。

「……青葉屋の用心棒か」

小柄な体のためか、地からわき上がってくるような声だった。舌を舐める音が聞こえた。

伊之助は体をぶるんと震わせた。

「私を尾けてきたのか？　違うな……陣九郎先生を尾けたか」

「辻斬りをしようとしているならやめるんだな」

「…………」

「斬り口を見たらどんな人間がやっているのかわかる」

「……それはわざとやったことだ」

「そうか……おぬしの父親は陣九郎先生に剣を学んでいたのだな。ということはあの斬り口……辻斬りの技が下から切り上げる逆袈裟だと知らしめるのが目的だ。倉田義膳に縁《ゆかり》のある者が関わっていると気がつかせたというわけか」

「察しが早い。溝田に動きが出たらもうけ物だと考えたのさ……」

「だがなぁ……」

仲十郎の顔が闇夜で皮肉に歪んだ。

「溝田などという男はおらぬよ」

「江戸から逃げたというのか」

「違う……そんな侍は見つかってはおらぬと言うておるのだ」

「どういうことだ？」

「山平にだまされていたということさ」

小太郎は目をぱっと開き、まさか、と呟いた。

仲十郎と小太郎、ふたりの視線が山平に集中する。さらに伊之助が顔を向け山平は提灯の灯をかざした。

「山平先生……どういうことですか！」

数歩、前に出た小太郎に、陣九郎が訊いた。

「辻斬りの相手を選んだのは山平か」

「……私の行き当たりばったりですよ。山平さんはただ手伝ってくれただけです、私の境遇に同情してくれたんです」

陣九郎は山平圭助に体を向けた。山平はずるずると下がっていく。

「山平……」

「圭助……なにが目的だ」

陣九郎が迫った。山平は提灯を捨てた。提灯が燃え上がりやがて消えた。

山平は、不敵な顔で陣九郎に立ち向かった。

「ふん……あんたの剣術はうっとうしいんです。人の心を大事にせよと？　いまの世の中そんな世迷い言では門弟たちは付いてはきませんよ」

「それで私にとって代わろうとしたんだな？」

「……小太郎さんを利用しようと考えたんですがねぇ」

山平は頬を歪ませて下品に笑った。

「小太郎を利用したとはどういうことだ」

山平は、ちらっと小太郎を見ると、にやりとまた不敵に笑った。

「こんなお坊ちゃんを騙すくらいは簡単だ。敵討ちがしたいという話を聞いて、利用してやろうと考えたのさ。辻斬りをすれば敵が出てくるかもしれないとな……するとお坊ちゃんは簡単に乗ってきた。そんなことをしたところで、敵がのこのこと顔を出すわけがない。少し考えたらわかることを、この田舎育ちのお坊ちゃんは考えが及ばなかったらしい」

口を下品に曲げて喋る山平に、小太郎は震えが止まらない。

「まぁ、そうそう簡単に考え通りになるとは思っていなかったが……」

「なんのことだ」

陣九郎は喋りながら一寸もないと思えるほど足をずらしている。伸十郎はちらりと目をそこに落としたが、山平は得意になってそのまま続けた。

「このお坊ちゃんと先生を戦わせることですよ。お坊ちゃんが辻斬りをやっている、などと世間にばれたら大変なことになる。小太郎お坊ちゃんは、陣九郎先生の愛弟子ですからねぇ。道場は傾くことになるでしょう」

言葉はていねいだが、顔は卑《いや》しい。

「斬り口を見たら辻斬りは河原道場の誰かが関わっていると気が付く者が必ず出てくる。やがて小太郎お坊ちゃんがやったことだとわかるはずです。そこでふたりの確執が始まる。先生は諭《さと》そうとするでしょう。だが、敵討ちを命としているお坊ちゃんは言うことを聞くわけがない……」

「私と小太郎を戦わせようとしたのか」

「最後はそう進言するつもりでしたよ。邪魔なら師匠だって殺さねば本懐は遂げられぬ、とね。お坊ちゃんには、師匠だろうがなんだろうが、目的があるなら邪魔者は消せ、とね」

ううう、と野獣のようなうなり声が響いた。

「ふふ……お坊ちゃんが泣いているようだな」

「く……卑劣なやつめ」

小太郎は喉の奥から絞り出すような声をあげた。

「卑劣だって？　ばかなことを言うな。罪もない町人を斬り殺したのは誰だ。誘いに乗せられたとはいえ、意味もなく人を斬り殺すほうがよほど非道だろう」

含み笑いをする山平圭助に、いきなり黒い塊が飛んでいった。小太郎だった。体に似合わぬ長い刀身が月に光った。

伸十郎は、しまった、と呟いた。

だが、もうひとつ小さな塊が闇を裂いた。陣九郎が間に割って入ったのだ。

かちんと音がして上段から振り下げた小太郎の刀を陣九郎の脇差が止めていた。

「やめろ……」

陣九郎が、これ以上罪を重ねるな、と囁いた。

「先生……その目は……」

「死んで罪を償え」

苦渋の声が陣九郎から漏れた。

「や、やめてください！」

泣きながら小太郎が体をずらし、一間ほど飛び退いた。月光の下、小太郎の顔は涙でくしゃくしゃになっている。

「山平圭助、地獄に落ちろ」

舌を舐めながら、山平に向かって言い放った。

「ふん……お坊ちゃんの言葉などなにほどのことがあるか」

肩を震わせながら小太郎は舌先を嚙み続け、いきなり体を翻すと、

「先生！　山平をよしなに」

そのまま後ろに走り去った。逃げたのだ。

「伊之助、追え！」

伸十郎の声が飛んだ。

九

小柄《こづか》が、小太郎を追い始めた伊之助めがけて飛んできた。伊之助の足を掠《かす》った。呻き声をあげた伊之助だったが、その場に蹲《うずくま》り、すぐ手ぬぐいを出して傷の上に巻いた。その間に小太郎の姿は上野の森の方向に隠れてしまった。

山平が体を捻り逃げようとする。そこに陣九郎が素早く前に回り込んだ。山平は、柄に手をかけたが、

「……先生に勝てるわけがありませんねぇ」

柄から手を放した。だが鯉口は切っていた。陣九郎はそれを見逃してはいない。ふっと笑みを浮かべると、

「そんなごまかしは他の者には利《き》くかもしれないが、儂には意味がないぞ」

小柄な体を陣九郎はさらに半歩前に進めた。陣九郎は、ほとんど体を動かしたようには見えなかったが、すぅっと影が水の上を滑るように山平圭助の前に立っていた。山平は頬を引き攣らせている。

「山平、覚悟せよ」

とんと一歩前に出て刀を一閃させた陣九郎の目にもとまらぬ早業に、山平はなす術がなかった。鯉口は切ってあったのに、刀を抜くこともできなかった。

「う……」

山平圭助の右手がすっぽりと道に落ちた。陣九郎は自分の懐から手ぬぐいを出すと、

「これですぐ止血をせよ。そうすれば命は助かる」

「ぐぐ……」

倒れたまま圭助は、地面を転げ回る。流れる涙は悔しさかそれとも痛みによるものか。顔は歪んで陣九郎を睨みつける気力もなさそうだった。

伸十郎は足を引きずりながら戻ってきた伊之助に、近所の番屋に行き、戸板で医者に運ぶように計らえと命じた。伊之助は、へぇと答えた。

「先生……おみごとでした」

陣九郎の瞳は、哀しみを帯びているようであった。

「倉田小太郎には逃げられましたね……奴が行きそうな場所は予測がつきますか」

「……おそらく、押上の自分が育った場所であろうな。奴にさほど江戸の土地鑑はない。逃げ隠れるとしたらそこしかない」

「なるほど」

「今日はもう遅い、明日の朝早く行った方がいいだろう。奴は逃げはせん」

「そうですね……」

仲十郎も賛同した。

十

陣九郎と翌日の手はずを決めた。出かけるのは明け六つ。待ち合わせ場所を大川橋の東詰にした。

陣九郎と別れた仲十郎が青葉屋に帰り着くと、清士郎が青い顔をして待っていた。

「仲さん……」

目は厳しく重苦しい雰囲気だ。仲十郎は驚きの声をあげる。

「どうしてここに」

「……お登志さんが連れて行かれた」

「なんだって?」

「突然、倉田小太郎が押し入ってお登志さんを引っさらって行ったというのだ」

「店は閉まっていただろう」

「倉田だと名乗ったために、お登志さんが自分で潜り戸を開けてしまったらしい」

仲十郎は、額に皺を寄せた。

「探そうにも見当がつかねぇ」

清士郎が呟いた。だが、仲十郎は首を振った。

「小太郎が逃げた場所はわかってる」

「どこだい、それは」

「押上だ。小太郎が育った場所だ」

さきほど浅草で起きた出来事を伝える。清士郎は、いますぐ行こうと叫んだ。

「明日の朝でいい。奴は逃げない」

「どうしてそんなことがわかるのだ」

「あの男は逃げるようなことはせん」

「しかし……お登志さんがいるのだぞ」

「お登志さんなら心配いらん。ただの娘ではない」

そこに伊之助が戻ってきて、山平圭助は無事に医師に届けられた、と伝えた。うむ
と仲十郎は頷き、清士郎に、

「明日の朝、押上に行く。清士郎さんと親分は、青葉屋で待っていてくれ。なにかあったら困る」

「しかし」

清士郎は不服そうに答えた。

「おそらく小太郎はひとりだけだろうとは思うが、小太郎を慕う門弟たちが悪さをしたら困る」

「そんな画策をしているとは思えねぇがなぁ」

「なにごとも用心だ」

まだ文句を言いたそうな清士郎を制して、仲十郎は、慌てても仕方がない、と諭した。


翌日、仲十郎は七つ半に青葉屋を出た。まだ空は暗かったが、大川端に着いたときには、明るくなっていた。

陣九郎は、たすきがけをした格好で待っていた。今日は脇差だけではなく大刀もたばさんでいる。ふたりは会話を交わさず、目だけで挨拶をした。

長々と続く水戸《みと》殿の下屋敷を左に見て業平《なりひら》橋を渡ると小梅《こうめ》村だ。

途中、小川にかかる丸木橋を渡った。川というには幅は狭いが、足を滑らせたら、そのまま落ちる。ときどききらきらと光る水面がどことなく不気味だった。

ふたりは、ほとんど言葉を交わさずに歩いていたが、狭い川を渡り押上村に入った頃、仲十郎が言葉を発した。

「小太郎の剣は以前からあんな邪《よこしま》だったのですか」

河原陣九郎は大儀そうに、手を振りながら、

「あの男の剣は天賦の才といっていい。じつは押上では子どもの頃から人知れず人を斬っていた。ときどき、人が神隠しにあったといって消えた出来事があった。それは、小太郎が斬り殺し、それを知った儂が死体を隠していた」

「それを誰かに嗅ぎ付けられたと」

「あまりにも不自然な神隠しが多いと、村の者たちが不審に感じ始めた。いずればれるのは必至だった」

「………」

「物心ついた頃から小太郎は父の仇を討ちたい、自分の腕は絶対に誰にも負けない、と言い続けていた。それまで儂はまだ早いと抑えてきたのだが」

「そして、百姓娘を……」

陣九郎は苦渋の顔を見せる。

「奴は溝田探しに必死になった。そこで浅草奥山の芝居関係の仕事についているらしい、しかも用心棒だという話を真に受けてしまったのだろう」

仲十郎は、眉をひそめる。

「小太郎は復讐の鬼となっていた。他人の言葉に気持ちを動かすような心は持ち合わせていなかった。あの身勝手な考え方もそこからきたのではないか」

「……あれだけの腕を持っているのに」

「儂も残念極まりない。だが、押上でも人を斬り、江戸に出てきてまでも辻斬りをやる。いくら仇を討つためとはいえそれではただの人斬りだ。言葉で諭すことができなければ、あとはひとつしか残っていない」

「………」

「しかし、それだと私たちも同類になりはしませんか」

仲十郎の言葉に陣九郎は、うむ、と頷きながら唇を噛む顔が苦渋に満ちていた。

十一

「どうしてこのようなことを？」

お登志は、目の前にいる幼なじみに非難を浴びせていた。手を縛られているわけでも体を柱に繫がれているわけでもなかった。逃げようと思えば逃げられそうであった。だが、お登志は必死に小太郎に訴えていた。

「私をこんなところに連れてきたのはなぜです」

「……わからない」

百姓屋だ。広い土間があり、鋤《すき》や鍬《くわ》がたてかけてあった。石踏みがあり、上がると板の間。奥に小さな畳の部屋が見えているが暗い。お登志がいるのは板の間だった。

部屋の真ん中に囲炉裏が切ってある。天井からは自在鉤《かぎ》が延びて、鉄瓶がちんちんと音を立てていた。小太郎は火ばしを持って囲炉裏の灰をいじっている。お登志はにじり寄って訊いた。

「江戸に出てきたとき、私を訪ねてきたのは？」

「最初に申したように、約束を果たしたかったのです。子どもの頃、私はあなたに惚れていた」

　小太郎はてらいもなく言いはなった。お登志は膝を揃え直した。

「そんなことを言われてもうれしくはありません。私にそんな気持ちはまったくありませんでした」

「わかっています」

　お登志は呼吸を調えて、問い詰めた。

「あなたが辻斬りをやったんですか」

「どうしてそれを？」

「周りの話を聞いていれば気がつきます」

「伸十郎という用心棒が教えたのだな」

「違います。伸さんはなにも教えてくれませんよ」

「伸さん……か」

　小太郎は唇を嚙んだ。

「奴は必ずここにくる……しかし、帰ることはできない」

「どうしてです」

「命を落とすからです」

頬を歪ませ、お登志を見た小太郎の目はまるで獣である。お登志は体を震わせた。

「あなたは普通ではありません」

「もう一度尋ねます。私をここに連れてきたのはなぜです」

「………………」

「……いまようやくわかりました。死んでもらうためです」

お登志は目を見張る。

「でもさっき……」

「惚れていたという言葉ですか……そうです、だから死んでもらう……きれいな血を見たいのです。子どもの頃、猫を殺した。そのとき自分でも驚くほどの高揚を覚えたのです。それから近所の子どもを斬り殺すようになった。そのときの興奮が忘れられなくてね……」

お登志を見た小太郎の目は異様に光っている。

「約束を果たしたかったと言いましたよ」

「それが約束を果たすことになるのです。あなたが消えたらもう近江屋はあなたを追うことはできなくなる」

「まぁ……」

お登志は、小太郎の顔を見つめた。ほとんど表情が消えてまるで能面のようだ。

「まずはあの用心棒を斬ります。それからあなただ」

「どうしてそんなことをするのです」

「あなたを私のものにするためですよ、永遠にね。それに一度しか見てませんがあの男の太刀筋に触れて戦ってみたくなった。戦う男の宿命です。あの男を斬り、それからあなたを斬る……ふふ、こんなに興奮することはない……」

「正気とは思えません」

「どうしてです？」

小太郎は完全に気がふれている、とお登志の顔は恐怖に歪むが、小太郎がお登志を見る目つきは、ただの置き物を見るようだった。

「父上の復讐をするのではなかったのですか」

「……もうどうでもよくなりました。いまはあの男とあなたの命をもらうことが喜びに変わっています……」

ことりと音が聞こえた。外に誰かが近付いたような音だ。お登志は、はっと胸を押さえる。

「来たな……仲さん……」と唇が動いた。

小太郎が、猟師が獲物を捕らえたときのような笑みを浮かべた。

小太郎は板の間を降りると、土間に足を降ろし引き戸を自分から思いっきり引いた。

「仲十郎か！」

だが返ってきた声は違った。

「私だ……」

「先生……」

「小太郎、まずはお登志さんをこちらに返しなさい」

「いやです」

「女をかどわかすなど、一流の剣客がやることではない」

「……ふ……そんなことはどうでもいいのです」

小太郎っ！　と呼ぶ声を無視して、

「仲十郎！　いるのであろう！　勝負しろ！　木刀の戯れ事は楽しかったぞ」

叫んだ声に反応するように、陣九郎の前に仲十郎が出た。

風が強くなった。雲が流れていく。

「仲十郎、勝負」

小柄な小太郎が前に出た。

だがふたたび陣九郎が仲十郎の前に立った。

「先生……私をそんなに斬りたいのですか」

「……問答無用」

陣九郎は、刀を抜いた。

小太郎はまばたきもしない。

家からお登志が出てきた。陣九郎と小太郎が対峙しているのを見て息を飲んだ。

「お登志さん……家のなかに戻りなさい」

仲十郎が、険しい声を出した。

だが、お登志は家の前で足を止めたまま動こうとしない。二度三度と深い呼吸をしてから、

「ここで見届けます」

かすれた声で答えた。

青眼《せいがん》に構えている陣九郎を前にして、小太郎は冷ややかな笑いを浮かべて八双に構えた。

体つきに比べると長い刀だが、刀身一体となり体全体から炎が立ち上っているようだ。まるで小さな火山だった。

伸十郎は、顎《あご》に手を添え口のなかで小さな唸りを上げた。

陣九郎が先に動いた。脇差を体の右に引きつけ、そのまま前進した。小太郎は動かない。そのまままっすぐ進むと小太郎の切っ先が突き刺さる。だが、そうはならなかった。陣九郎の体が右に傾いた。

「うぬ！」

素早い動きで左手が伸び、小太郎の袖を摑んで自分の体に引き込もうとしたのだ。小太郎の切っ先が揺れた。だが、陣九郎の体の外側で空を斬っただけだった。

陣九郎の大刀が、水平になった。小太郎の喉頸に切っ先が当たろうとしたそのときであった。

「きえ！」

小太郎は、そのまま一間も飛び上がったのだ。陣九郎の体が引きずられ体勢が崩れた。その瞬間、小太郎の鐺《こじり》が陣九郎の眉間を叩いた。

「先生……」

小太郎の呟きが陣九郎に届いたかどうか。

「あなたが悪いのです……」

陣九郎は、かすかに眉を動かし、そのまま倒れた。

「さらばです」

小太郎の刀が陣九郎の首を横に一閃しそうになった瞬間、仲十郎が陣九郎の盾となった。

「用心棒……邪魔立てするか……ならばお前から先に命をもらおう」

舌先がちろりと見えた。

お登志は、陣九郎の体に駆け寄った。陣九郎は死んではいない。

仲十郎は、静かに鯉口に手をかけ刀を抜いた。それまでだらりと下げていた小太郎は、青眼に構える。仲十郎は、下段で応じた。

風がふたりを巻いた。だが、どちらも微動だにしない。

朝の太陽が雲に隠れた。

仲十郎の体が半分影になった。そのとき、

小太郎が、その場から助走もつけずに空を切って仲十郎に向かった。

「きえ！」

仲十郎は、肩をぴくりと動かしただけで移動はせずに、小太郎を迎え撃つ構えを見せた。

小太郎の刀が上段に上がり、切り下げられようとした。

だが、意外なことが起きた。伸十郎は前にも出ず、横にも逃げず、跳ね返しもせず後ろを見せたのだ。

「なに！」

小太郎の口から驚きの声が出た。ほんの一瞬、呼吸に乱れが生じた。

その気配が伸十郎に伝わった。振り向きざま伸十郎は小太郎の肩を斬り下げ、さらに返す刀でもう一方の肩を突いた。小太郎はその場に倒れそうになる。だが、体には似合わぬ大きな肩で息をしながら、踏ん張り続けていた。

「こたちゃん」

お登志がそばに寄ろうとした。

ぐらぐらしながら小太郎は、お登志に目を向けると、来るなと呟いた。

つぶれたような声だった。

ごぼりと口から血を吐いた。それまで耐えていた体がどうと前に倒れた。

「結局約束は果たせなかった。……本当は、敵討ちなどしたくはなかったんだ」

小太郎が、息も絶え絶えに囁いた。舌先がちろちろと唇から出入りを繰り返すが、その速度が落ちていく。

そばに寄った伸十郎に見せたお登志の顔は、歪んでいた。震えていた。泣いていた。

伸十郎は、お登志の肩を抱いた。

第三話　用心棒殺し

一

そろそろ桜は満開だった。

桜の名所、飛鳥《あすか》山や愛宕《あたご》山には焼き魚や煮しめ、煮豆などを入れた提《さ》げ重を持って、蓆《むしろ》を敷き、酒を飲んでは大騒ぎをする連中が集まり始めている。

そもそも江戸の町人は町内単位で花見を開く。それに参加をしないとつまはじきにされるような町内もあるらしい。

青葉屋でも半日店を休んで花見に繰り出そうという話が持ち上がっていた。だが、仲十郎はまったく乗り気ではない。

清士郎も呼んで楽しくやろう、あの倉田小太郎の陰惨な事件を忘れようというのに、仲十郎は面倒だとばかりに動こうとしない。

お登志は腕枕をして居眠りをしている仲十郎のとなりに座って話しかけている。仲十郎のために用意した離れの部屋だ。

「仲さん……小太郎さんはどうしてあんなことになってしまったんでしょうねぇ」

「………」

「どこで道をはずれてしまったものやら……伸さん……なんか言ってくださいよ」

「忘れたほうがいい。あれは狂犬が暴れたようなものだ」

「犬？」

「猪《いのしし》でもいい」

「それはまたひどい言い方ではありませんか。小太郎さんは私の幼なじみですよ」

「そのくらいの話だと思っていたほうが楽になれるだろう。いつまで気に病んでも終わったこと……」

目を少し開いた伸十郎にお登志は溜め息をついた。

そこに甚助が入ってきた。手に文箱を持っている。

「お嬢さん……こんなものを使いが持ってきました」

「誰からです？」

「近江屋さんからですよ」

お登志は眉を顰《ひそ》めながら、箱を開いた。

「なんでしょうねぇ」

読みながら、表情が曇っていく。

「これは困りました……」

「なにを言ってきたんです？　また横紙破りなことでも？」

心配性の甚助は、顔をしかめる。

「そうではありません。伊丹《いたみ》屋さんがなにやら新しく開店したお祝いをやるから一緒にどうかという話です」

「伊丹屋といえば、うちの商売敵《がたき》ではありませんか」

「そうですねぇ」

ふたりの会話を聞いていた仲十郎が、ほう、と呟いて目を開けた。

「同じ呉服屋ということか」

「そうですよ。伊丹屋さんは京で店を構えていたのですが、五年前、その店を売り払って、江戸に出てきて京橋に店を構えました。伊丹屋さんはやり手で、あっというまに大きくなりました。そして本町に一年ほど前に支店を出していたのですが、今回となりの小間物屋さんの建物を買って間口を広げたという話のようですねぇ」

お登志が答えた。

「楽しそうだな」

意外にも仲十郎が興味を示したように体を起こした。

「行こうというのですか？」

驚きの眼つきでお登志は仲十郎に体を向けた。

「近江屋というのはお登志さんにご執心《しゅうしん》なのだろう」

その言葉に甚助が膝を打つようにして、

「そうですよ。そんなところにわざわざ行く必要はねぇでしょう。それじゃあ飛んで火に入る夏の虫だ」

「いや、むしろ奴の出方を見たほうがいい」

「そんな……危険な」

甚助は、不服そうに頬をゆがめた。

「私が一緒に行くから心配はいらん」

仲十郎が笑った。

「お登志さんはどうだね」

「そうねぇ……仲さんが一緒なら問題はないかもしれないねぇ」

まだ心配そうな甚助に、お登志は心配はいらないと諭した。仲十郎も安心しろ、と声をかけて、ようやく甚助は頷きながら、

「だけどあっしもお供するのが条件です」

その男はやたらと目が細かった。

それだけではない、体も細ければ手の指も細く、顎は尖っている。腰から下げた差し料は一本差しである。拵《こしら》えもそれほど安っぽくは見えない。

周辺に目配りしている姿は、用心棒そのものという雰囲気である。

この細い男が用心棒をしているのは、本町二丁目にある伊丹屋の開店祝いの席であった。向島《むこうじま》にある伊丹屋の寮である。

二

前庭を会場にして、紅白の幕で囲まれている。そのなかで招待客が酒を振る舞われ、台の上に拡げられている料理に舌鼓を打っている。一角では野点《のだて》もおこなわれている。

もともと伊丹屋は伊勢《いせ》国、津《つ》を中心に商う廻船問屋だった。上方から、木材や、呉服、さらに四国、九州から土地の名産品などを江戸に運び儲けた。その金で京に呉服屋を開店し成功した。そして江戸の京橋に本店を開き、日本橋本町に支店を出し、さらにその間口を拡げたのだ。

ふんだんに盛られた肴《さかな》や貝類に箸を伸ばしてうまそうに食べている客のなかに、お登志がいた。となりには近江屋が太った体で料理に張りついている。

お登志は、周囲を見回した。

本町の廻船問屋、志摩《しま》屋長右衛門《ちょうえもん》がいる。

山下の旅籠《はたご》、泉《いずみ》屋の主人、清太郎《せいたろう》がいる。

深川の仏具屋、浅草屋の兼八郎《けんぱちろう》がいる。

いずれもそうそうたる顔ぶれだ。

お登志は大店の顔がそろっているなかでも、料理が並ぶ台を小皿を持ち、のびのびとした嫌みのない色気を振りまきながら歩き回っていたのだが、

「あら？　伸さんは？」

伸十郎の姿が見えない。心配だからと一緒についてきた甚助は、周囲を探したが伸十郎の姿はどこにもない。

「どうしたんですかねぇ……また気まぐれでも起こして帰ってしまったんじゃありませんかい？」

甚助は頭をかきながら、口を尖《とが》らせている。

やがて猿楽の衣装を着た者たちがお囃子《はやし》に合わせて出てきた。

庭の端に紅白の幕が張られ、その奥に仮舞台が作られてあった。きらびやかな衣装を着た猿楽師たちが姿を現したのだ。

庭で待機していた客たちは、一様に笑顔を見せて拍手をする。

だが、お登志はきょろきょろ周りを探し続けている。

「本当に伸さんはどこにいったのでしょうねぇ」

「へぇ……まぁ、こういう賑やかな場所があまり好みじゃなさそうですから」

「帰ってしまったの？」

「そうかもしれません」

まぁ……とお登志は顔をしかめた。

「自分から来ようと言ったのに。お嬢さんから離れてしまったのでは、用心棒の役目が果たせませんや」

口をとがらせる甚助に、お登志も同調して、

「まったく、なにを考えているんですかねぇ、あの人は」

髪に手をやり不服そうに後れ毛を整えた。

「そういえば近江屋さんもいませんが、どこに行ったのでしょう」

伸十郎も近江屋もどちらも見つからない。なにか不都合が起きたのではないか、と

お登志は不安な眼つきだ。

「ちょっと捜してきます」

甚助がお登志から離れた。

お登志はきょろきょろしながら、猿楽が披露されている舞台に目を移した。

派手な衣装を着たふたりがおかしな動きをしながら笑いを取っていた。しばらく見ていると、客のなかから急にきゃぁ！　という悲鳴があがり、それまで舞台を見ていた客たちが逃げ惑い始めた。

お登志はきょとんとして、崩れるように逃げる人たちを見ている。

「どうしたんですか」

逃げ惑う娘の袖を摑んで訊いた。顔色が真っ青になり唇がわなわなと震えている。はぁはぁと荒い息をしているために髪に挿した花簪《かんざし》が揺れていた。

「人が死にました」

「死んだ？」

「いきなり倒れて……」

「病気ですか？」

「背中に出刃包丁が刺さっていたのです」

「伊丹屋さんの用心棒らしいです。それに……腕に罪人の入れ墨が入っていたそうです……」

「まぁ……」

そこまで喋ると、娘はお登志から離れていった。

殺されたのが用心棒らしいと聞いて、お登志は死体のそばに飛んでいった。まさか伸十郎が入れ墨者だったとは思わないが、同じ用心棒稼業の人間が殺されてしまったと聞いて、目つきが変わったのだ。

走り去る人たちに逆らって、お登志は人がこわごわ覗いている場所に向かった。数人が輪になって死体が転がっている地面を恐ろしげな顔付きで見つめていた。だれかが薦《こも》をかけろ、と叫んでいる。

輪のなかのひとりは近江屋だった。

死体を抱えている男は伊丹屋の法被《はっぴ》を着ていた。番頭らしい。抱き起こしているがすでに息は止まっている。たしかに腕には二本の入れ墨が斜めに入っていた。

「殺されたんですか？」

近江屋は、そうらしいと呟いた。普段は黒い顔が青白くなっている。

「誰です？」

「伊丹屋さんの用心棒だ……」

「……どうしてこんなことに」

「私は見てなかったんだけど、目撃をした人によると襲われた伊丹屋さんの後ろから出刃が飛んできて刺さったらしいねぇ」

「後ろから……」

「手ぬぐいをかぶった男が、伊丹屋さんに近づいてきた。伊丹屋さんは体を躱《かわ》した。それで投げられた出刃が用心棒の背中に刺さったんでしょう。伊丹屋さんを恨んでいる人の犯行だと思えますね」

「恨んでいた人……そんな人がいるんですか？」

「たとえばこんどの店の土地は、元は小間物屋、伊豆辰《いずたつ》さんのものでしたからねぇ。それを強引に追い出して間口を拡げたんですよ」

「まぁ……」

「ほかにも伊丹屋さんを恨んでいる人は大勢いますよ……」

苦々しい顔で近江屋は吐き捨てた。

「あら、こんな催しにご招待されるのだから、近江屋さんと伊丹屋さんは仲がよろしいのかと思っていました」

お登志は意外そうに近江屋の顔を見つめる。

「……本当はそんなに仲がいいというわけではありません」

「そうなのですか？」

「大きな声では言えませんがね」

近江屋は、片眉をあげてわざとらしく袖のごみを落とすように払った。

「そんなことより、仲さんはどこにいったんでしょう？」

「仲さん……？　あぁ、あの無口なのか嫌みなのかよくわからない用心棒ですか。さっきはばかりで見ましたよ」

「はばかり？」

「酒を飲み過ぎたんじゃありませんか」

わははは、と大きく口をあけた。

「それならいいけど……」

はぐれないようにとお登志を追いかけてきてきた甚助がそばに付いた。その後から仲十郎がのんびりと顔を見せている。

「なにをしていたんです！」

癇癪《かんしゃく》を起こしているお登志に伸十郎は、はばかり、とひと言答えた。近江屋が笑ている。

「世のなか、なにが起きるかわかりませんなぁ」

「……まさかあなたがやったんじゃないでしょうね」

お登志が皮肉な目で近江屋を睨む。

「おやおや、なんて疑いをもたれることやら。私が人を殺すような悪事に手を染めるわけがないでしょう」

「わかりませんよ。裏ではなにをやってるものやら」

「ご冗談を。この前はこのなにを考えているのかわからぬ用心棒どのとあなたにいいようにやられてしまったではありませんか。こう見えても私はけっこう人がいいのですよ」

近江屋は太った体を揺すりながら続ける。

「それに私が松之助さんの命を狙う理由がありません」

「探したらなにか出てくるかもしれませんよ。あなたの言い方だと、松之助さんとなにか確執があったように受け取れますからねぇ」

お登志は負けていない。眉をきりりとさせながら久右衛門を指弾する。

近江屋はうんざりという顔付きをして、

「そんなに疑うのなら、この事件をそこの用心棒さんに解決してもらおうじゃありませんか」

「伸さんに？」

「そうです。なにやらお登志さんの幼なじみと剣を交えたという話が広まっていますよ。そうとうな腕だったとか。なにしろあの河原陣九郎も勝てなかった相手を斬ったということですからねぇ」

近江屋はお登志が困った顔をするのを見てにやりとする。

「それだけの腕があるならこの事件の謎も解けるでしょう」

「伸さんがあなたを助ける理由がありませんよ」

「おやおや。腕は立ってもこういう事件は苦手ですか。大したことはないんですなぁ」

「なんですって！　わかりました。伸さんの力をお見せいたします。あなたが裏から手を回したという証拠を探させます」

お登志は啖呵《たんか》を切ってしまった。

三

不機嫌な顔が続いているのはお登志だ。そばで甚助がときどきお登志の顔色を窺うように目を上げる。外から飴売りの声が聞こえてきたが、そののんびりした雰囲気もお登志には通じないらしい。

青葉屋の離れ、仲十郎の座敷である。

「どうしてだめなんですか！」

お登志はいま仲十郎に、近江屋との約束で伊丹屋の用心棒が殺された事件の真相を摑んでほしいと頼んでいるのだが、そんなことはしたくない、という仲十郎と押し問答を続けているのだった。

「私はお登志さんの用心棒で、近江屋の手伝いではない」

「そんなことはわかっていますよ。でも近江屋にあんなことを言われて、黙って引っ込んでいるわけにはいきません」

「私には関わりない」

見台を前にしたまま、目をまったくお登志には向けようともしない。お登志は唇を

噛んで悔しそうな顔をしたが、

「わかりました」

ぽんと帯を叩く。

「それはよかった」

「いえ……伸さんは私の用心棒ですね」

「間違いないな」

「ならば、青葉屋の使用人でもありますね」

「ん？」

なにを言おうとしているか伸十郎は気がついたらしい。顔を見台から離してお登志に目を向けた。お登志はにんまりとする。

「使用人なら私の指示を聞くのが当たり前ですね」

「………」

「それなら私からの命令です」

「命令？」

「先日、伊丹屋さんが殺されかかった事件の真相を暴きなさい」

「死んだのは、用心棒ではなかったかな？」

「同じことです」

「それは違う」

「どう違うのです」

「伊丹屋は生きている」

「屁理屈はどうでもいいのです。とにかく伊丹屋さんが狙われて、それをかばった用心棒が殺された事件の下手人を見つけなさい」

背筋を伸ばして、まっすぐ伸十郎を見据えている姿は、店の主人が奉公人に接する態度そのままであった。

「しかし理由がつまらんなぁ……」

「私が知りたいからです。下手人が誰なのか。またどうして伊丹屋さんが狙われたか、それを調べてください」

これなら文句はないだろう、という顔付きだった。

「ううむ」

「よろしいですね」

敢《あ》えて伸十郎の方は見ずに横を向くと、否《いな》やは言わせないというようにわざとらしく簪で髪の毛を梳《す》きながら念を押した。

「さぁて……面倒なことに」

仲十郎はそう言うと、悪戯《いたずら》っ子の目つきで甚助を見た。

「あ、いや……お嬢さんがそう言うのなら仕方がねぇのでは」

甚助は、お登志と仲十郎ふたりの顔を交互に見ながら、

「あっしは関わりはありませんから」

と最後は、逃げを打った。

仲十郎は苦笑しながら、それなら仕方がない、と呟くと剣を手にして、

「言いたいことはわかりましたが」

「なんです？　なにか必要なものがありましたら、甚助さんにそろえさせますよ」

仲十郎は、いや、と否定して座り直した。

「清士郎と伊之助にも手伝ってもらおうと思うがいいだろうか」

「もちろんです。やりたい方法でどうぞ」

「では、もうひとつ」

「はい？」

「どこか剣術道場に向いている空き家を探して欲しい」

「わたしがですか？」

「いや、甚助さんでも、ほかの誰かに探させてもかまいません。お登志さんに剣術道場を探すのは難しいでしょう」

「私には無理だと？」

「やはりここは男のほうがいい」

お登志は、目を見張った。

「どうして私にはできないというのです」

「そんなことは言ってませんよ」

仲十郎は呆れて甚助を見たが、甚助は我関せずと横を向いている。

「では、お登志さんに頼みますから、適当な建物を探してください」

まかせておきなさい、とお登志は微笑むと、立ち上がった。

お登志が帳場に戻っていった後、仲十郎は刀を腰に差した。一度、天井を見てから目を細める。そこから中庭が見える連子窓に寄っていった。だが、また座敷の中央に戻って、大きくため息をつく。

部屋の端に置いてある火鉢に向かった。火ばしを手にして灰をかき混ぜ続けた。突然その手が止まると、にやりとしてから最後にどすんと火ばしを灰の奥まで差し込んだ。

それから仲十郎は、部屋を出た。

仲十郎が向かったのは、霊巌寺だった。

春の風が強く舞っているために、砂ぼこりが目に入った。通りの店は風を避けるために、小僧たちが打ち水をしたり、葭を立てたり砂塵が入らないように工夫をしているが、その効果はあまり期待できなさそうである。

仲十郎は、手ぬぐいで口を塞《ふさ》いだ。

後ろから足音が聞こえて振り向いた。

「仲十郎の旦那」

「伊之助か。ちょうどよかった。いまから親父さんのところに行こうかと思っていたところだったが……一緒に行くか」

「……はぁ」

「嫌ならいいぞ」

「……いえ、付き合います」

「清士郎は？」

「見回りですが、急ぎなら呼びましょうか」

「いや、いい」

後ろから伊之助を呼ぶ声が聞こえて来た。女の声だ。

「お加代ちゃんの声だな」

伊之助は照れたような顔をしながら、足を止めて振り向いた。お加代がこちらに向かっておいでおいでをしている。伊之助は肩を動かし、困り顔をした。

仲十郎がわかってるという目つきで笑うと、

「ちょっと寄ってから追いかけます」

手で頭を搔くと、お加代の元に駆け足で戻っていった。仲十郎は目を細めて笑うと、霊巌寺に向かって足を進めた。

店の前に着くと、ぷんとそばの出汁《だし》の香りが漂ってきた。客が数人出てきて仲十郎とぶつかりそうになった。ねぎの匂いがした。店のなかに足を入れると、ちょうど昼時だったこともあるのだろう、客がまだ数人残って汁をすすっている。仲十郎は、端に座った。

いつもなら市蔵がすぐ顔を見せるのだが奥から出てこない。その代わり注文を取りにきたのは、若い娘だった。昼だけ手伝いにきているという話を聞いたことがあるが、その娘だろう。

ちょっと太目のせいか動作が少し鈍い。客たちからからかわれながら仲十郎の前に立った。仲十郎は、そばと天ぷらを頼んだ。声が聞こえたのか調理場から市蔵の顔がのぞいた。目が合い頷いた。

それから半刻くらいは客が途絶えず、市蔵は出てくることができなかった。仲十郎はその間、客たちの話し声を聞いていた。世情がよくわかり仲十郎はときどき笑みを浮かべた。

やがて伊之助がやって来て正面に座った。昼飯を食べてきたのだろう、口の周りにご飯粒がくっついたままだ。仲十郎が指摘すると笑いながら照れていたが、客がいなくなり、市蔵がそばに寄ってきたらその笑顔が消えた。

「お前たちはいつまでそうやってるんだ」

仲十郎が呆れ顔をする。

「さてねぇ、この小僧がもう少し大人にならねぇと」

「け、冗談言うねぇ」

親子は目を合わせて喧嘩腰だが、さすがに取っ組み合いをする様子はない。

「そんなことより、今日は?」

市蔵がかすれた声で訊いた。伊之助も身を正す。奥からどんぶりを洗っている音が

がちゃがちゃと聞こえてきた。仲十郎はちらっと音のした方に目をやると、

「伊丹屋の用心棒が死んだ話を聞いておるか」

「あぁ、近江屋に招待されてお登志さんと一緒に行ったときの話ですね」

伊之助が知っているという顔をする。

市蔵は、幅広の顔をかすかに動かし頷いた。

「お登志さんに事件を調べるように言われた」

「はぁ、それはまたなぜです？」

「詳しくはわからんが、近江屋になにか言われたようだ」

「どんなことです？」

「知らぬ」

市蔵が、不快そうな顔付きを見せる。

「また近江屋ですかい」

「お登志さんとは因縁があるからな」

仲十郎は苦笑いを浮かべて顎を手で撫でながら思案顔をする。

「しかし、お登志さんもいつまでもあんな野郎と付き合うことはねぇのに」

「いまさらそんなことを言っても始まらねぇ……殺されたのは用心棒だそうですね」

市蔵が煙草《たばこ》入れを取り出した。国分《こくぶ》のいい香りが漂う。

「そういえば、仲十郎の旦那もその場にいたとお聞きしましたが」

怪訝そうに伊之助が身を乗り出した。

「いた。だがそのときはばかりにいっていたので事件は後で知った」

「でも現場は見たんでしょう」

仲十郎は、事件が起きたときの様子をふたりに話した。

「……ということは、やはり狙われたのは伊丹屋の主人、松之助《まつのすけ》ですかね」

「おそらくな」

「本来は伊丹屋を助ける立場とはいえ、自分が殺されるとはまぬけな用心棒だと思いましたが、小耳に挟んだところによると、名を平三郎《へいざぶろう》といって、やっとうのほうの腕はけっこうなものだったと聞きましたがねぇ。それなのに深く刺されていやした」

伊之助は薄笑いをするが、仲十郎は、顎を手で擦りながら、

「奥山かどこかで、出刃を得意としている芸人はいるか」

「そうですねぇ」

思い出す風にして伊之助は記憶を探っていたが、

「奥山にはいませんが、近頃、山下に出刃打ちの小屋ができたという噂は聞いていま

す」

「山下か」

山下は上野の下谷《したや》界隈をいう。奥山と同じように小芝居があったり、見世物小屋、矢場など遊び場が並んでいる。

「どんな男だ」

「いえ、見たことはないので……」

「背中に出刃が刺さっていたというからな」

「仲十郎さんも見ていないんですかい？」

「私がその場に戻ったのは事件が起きた後だった」

仲十郎は、思案気に伊之助を見る。

「その辺りの事件の有り様をもう一度、しっかり調べ直してくれ」

「へぇ、伊丹屋の松之助を訪ねてみます。その会に出席していた連中から話を聞いてみましょう」

それまでじっと考え込んでいた市蔵が、不思議そうな顔をして仲十郎を見つめた。

「どうした」

市蔵は、なんとなく腑に落ちないという雰囲気で、

「そのとき伊丹屋はなにをしていたんですかねぇ？」

「なにをとは、なんだい」

伊之助が突っかかる。

「いいか……顔を手ぬぐいで隠したような野郎が近づいてきたら、逃げるか不審に思うだろう。それをなにもしねぇで襲われたというのはおかしくねぇかい。それに用心棒もいたんだ」

「だから伊丹屋は少しだけ逃げたんだ」

仲十郎はまた親子喧嘩が始まったと呆れながらも、二人の会話をしっかり聞いている。

「じゃそのとき用心棒はなにをしていたんだい」

「だからそれをこれから調べるんじゃねぇか。余計な口出しはしてほしくねぇ」

「それに、番頭ってのは伊丹屋の後ろにいたのか？　用心棒はどこにいたんだ、前か後ろかそれとも横か？」

「それがどうしたってんだい」

「用心棒はひとりだけだったのかい」

「うるせぇなぁいちいち」

「手ぬぐいで顔を隠しているような奴が、簡単になかに入ってこれたこともおかしいだろう」

「まったくうるせぇなぁ。そんなことはこれから調べたら答えがでて来るって言ってるんだい」

「ほう、そうかい」

市蔵は言いたいことを言って満足したのか、煙草をすぱりと吸った。

「わはは。市蔵の疑問はもっともだ。伊之助親分、疎漏《そろう》のねぇように頼む」

伸十郎に頭を下げられて、伊之助は、ちっと小さく舌打ちをしながら、

「わかってますよ。おやじが口を挟むとろくなことにならねえ」

「だが、いちいちもっともではないか」

「そのくれぇならあっしだって聞き込みのなかで拾ってきまさぁ」

「頼りにしてるぞ」

そこに三人の客が入ってきた。どこぞの家中の田舎侍らしい。どこか日向《ひなた》臭い匂いをさせている。それを潮に市蔵はまた調理場に戻った。そういえば娘はどこに、と伊之助が見回すと座敷の一番奥で背中を羽目板に付けながらこっくりこっくり船を漕いでいた。

四

青葉屋に戻ると柳原清士郎が店の前でお登志と立ち話をしていた。仲十郎はふたりをちらりと横目で睨んだだけで店のなかに入っていく。清士郎が声をかけた。

「待て！ 慌てるな。話がある」

「慌ててなどおらん」

「仲さん、どこに行っていたんです？」

お登志が訊いた。

「もちろん事件を調べにです」

その答えに反応したのは清士郎だった。自分にもなにかできるはずだという顔つきをする。

「私に手伝えることはあるかい？」

「あるかもしれない、ないかもしれない」

「捕物のことが楽しくなってきたんだ。なにかやらせてくれ。近頃じゃ伊之助はちっとも高積の見回りに身が入ってねぇのだ。仲さんが連れて行ってしまうからなぁ」

「そうか」

「まったく蛙《かえる》の面《つら》にしょんべんとはこのことだ」

清士郎の言葉をにやりとやりすごした仲十郎は、板塀にある裏戸に向かった。夜になるとお登志が錠前をかけるが昼は開いている。

仲十郎は、潜り戸を抜けて庭に入った。

お登志も続いた。

「清士郎は？」

「帰りましたよ。最近、荷駄が切られてなかに入っていた小間物が盗まれたという話があったので気をつけるようにとの注意です」

はぁとわかったようなわからぬような言葉を返して、仲十郎はそのまま裏庭に回る。小さなひょうたんの形の池があり、その前に長床几が置かれてあった。仲十郎は腰を下ろした。お登志もとなりに座った。

「いいお天気だこと」

お登志がのんびりとした声で天を仰ぐ。

仲十郎は、ふむ、と答えるだけで話は続かない。

「ほかに言いかたはないのですか」

「……ない」

お登志は一瞬、呆れ顔をするが、

「例の事件の目星はつきましたか」

「まさか、まだ事件のあらましを聞いただけですよ」

「そう……」

のんびりしたときが流れていく。

お登志は、なにか居心地がわるそうだ。そわそわと髪に手をやったり、肩をとんとん叩いたりしながら、落ち着きがない。

「どうしたんです」

伸十郎が怪訝な目つきをした。

「なんでもありません。それにしても伸さんは不思議な人です」

「はて」

「剣術の修行をしてきたという話ですが、どこでどんな修行をしてきたのです?」

「普通の剣術修行ですよ」

「ですからどこで?」

「あちこちです」

「答えになっていませんよ」

「日本全国です」

「……もういいです」

ぷいと横を向いてしまったお登志に、伸十郎はかすかに微笑んで、

「こう見るとお登志さんはなかなかの別嬪《べっぴん》さんだ」

「なんです、いきなり」

「本当にそう思ったからです」

「人をからかうものではありません」

お登志の頬がほんのりと桜色になった。

「からかってなどいませんよ」

「………」

「だから、近江屋や元次郎が忘れてくれないのでしょうねぇ」

「もうその話はやめなさい」

そこに渡り廊下をばたばたと走ってくる音が聞こえた。

「なんです！　騒々しい！」

お登志が注意をすると、庭に降りてきた小僧がはぁはぁ肩を揺らしながら、

「伸十郎さんにお客さんです」

「私に？　誰だね」

「伊丹屋さんです」

その言葉に目を丸くしたのは、お登志だった。

「どうして伊丹屋さんが？」

「さぁ……」

「近江屋……」

小首を傾げた伸十郎に、お登志は目を向ける。

「なんでしょう？」

「とにかく会ってみましょう」

伸十郎は立ち上がった。


店先に見慣れぬ男が立っていた。手代に聞くと、伊丹屋さんのお供だと答えた。恰好《かっこう》や体つきからみても新しい用心棒というわけでもなさそうだ。眉毛は薄く、目もそれほど鋭いとはいえない。頬がふっくらとして肩もいかつい感じではない。店の奉公人なのだろう。伸十郎が通るとき、かすかにおじぎをした。

伊丹屋松之助は、離れにある伸十郎の部屋に通されていた。

「突然押しかけまして……」

ていねいにおじぎをした松之助は、下腹がやたら突き出ていた。眉毛が長く剣山のように飛び出ていた。

「近江屋さんから伺いまして……。こちらの用心棒さんがうちの用心棒が殺された事件を解決してくれるというお話を聞きまして、出かけて参りました」

「ほう」

口数の少ない伸十郎に、松之助は調子が狂ったような顔付きをする。

「あのぉ……」

「ん？」

「事件はどの程度までお調べになったのでしょう」

「まだまだ。さっぱりわからん」

「はぁ……あのぉ……なにか私が答えられることがありましたらお訊きください」

「……伊丹屋さんは相当あこぎな商売をしているそうだが」

その直截《ちょくせつ》な言いかたに松之助は苦笑いをする。

「それはまぁ世間さまがどんな見方をしているものやら、私にはわかりかねますが、商売をしていく上ではいろいろと不都合なこともあるかと……」

「つまり恨まれているということだな」

「そのような場合もなきにしもあらずかと……」

「誰が一番恨んでいると思う」

「はて……」

松之助は首を傾げた。

「名が出ぬほど多いか」

皮肉な笑みを見せながら問う伸十郎に、松之助は嫌な顔をする。

お登志が入ってきた。伸十郎の横に腰を下ろすと松之助と面と向かった。

「これは青葉屋さんですね。先日はとんでもないところをお見せしました」

「いえ……あの用心棒の方は可哀想なことをいたしました」

「私の身代わりとなってくれたのですから、用心棒としては優秀だったということでしょう」

「伊丹屋、念のために訊いておきたいのだが、あの平三郎という男はどこのどういう男なのだ。用心棒になったきっかけを知りたい」

「半年前、私が暴漢に襲われましてな。あの方が、そのときに鮮やかな手で助けてくれたのです。仕事がほしいというので用心棒としてそのまま雇ったというわけです」

「雇ったのはいつからだ」

「半年前のそのときからです」

「まだそんな程度だったのか」

「ですから殺されてもそれほどの感慨はありませんが……」

松之助は、卑しい顔で答えた。その言葉にお登志は不快な目つきを見せて、突然立ち上がった。

「私は用事がありますので、どうぞごゆっくり」

明らかに怒りを抑えたもの言いだった。

部屋から出ていくお登志の後ろ姿が消えると、松之助はにやりとする。

「どうやら嫌われたらしいですなぁ」

悪びれた様子もなく呟いた。

伸十郎は、それには答えず、

「ところで、あの日のことを聞かせてもらおうか」

「はい……どんなことでございましょう」

「招待客以外の人の出入りはなかったのか」

「もちろんでございます。入り口でうちの者たちが厳重に監視していましたから、不審な者は入れなかったでしょう」

「ほう、それにしてはおかしな事件が起きたものだが」

「そこでございます。おそらくなんらかの不備があったものと思いますが……」

「ふむ」

「そのあたりからお調べいただいたら、糸口が見つかるかもしれません」

「考えておこう」

「ところで、伸十郎さま……と申されましたな。あなたさまは道場をお探しとか」

「誰から聞いた」

「近江屋さんからお聞きしております。じつは今日、伺ったのは事件のこともありますが、私どもが抱えている空き家が目黒《めぐろ》にありまして、そこをお貸ししてもいいかと思い、その話をお伝えしようかと……」

「ほう」

「以前は百姓屋だったのですが、改築をしたら二十畳程度の板の間を作れると考えております。いかがです、一度ごらんになりませんか」

「それはありがたいが」

「ただしひとつ条件があります」

「聞こうか」

「この事件を解決していただくことでございます」

「言われるまでもない」

「なにしろ私が狙われているようなのですから、そうそうにお願いいたします」

「町方だって動いているだろう」

「どちらが早く解決してくれますか。それが楽しみです」

松之助は、にやりと頬を歪ませると、それではと言って立ち上がった。

「おっと、最後に……近江屋さんはまだお登志さんを諦めてはおらぬようでございますからな。用心棒どのは気をつけたほうがよろしいですよ」

ふふふと含み笑いをすると、離れていった。

松之助が帰っていったのを見ても、伸十郎はじっとしたまま動かない。空を睨んだままししばらくそうしていた。

五

翌日の辰の刻。伊之助が仲十郎を呼びに来た。

昨日は伊丹屋の周辺で松之助の評判を聞き込んだという。

やはり松之助の評判はあまりいいとはいえない。困っている仲間すら踏み台にする。金を貸し、返せなくなったらそれを盾に店を奪う。そのくせ、仕入れなどは買い叩く。ほとんどが金絡みの悪い評判であった。

当日集まった客たちにも当たったが、事件に関してはあっという間の出来事で、よくわからないというのがおおかたの返事であった。

今日は伊丹屋に直接聞き込みをするから一緒にどうだというのだった。

仲十郎はその前に行きたいところがある、と答えた。

「どこです？」

「向島だ」

「あぁ、伊丹屋の寮ですね」

「そこになにか糸口になるものが見つかるかもしれない」

「どんなもので？」

「事件が起きた場所を見るのは、解決手段の第一歩ではないのか」

「たしかにそうでした」

伊之助は、頭をかいた。

「あの庭に作られた舞台はとっぱらわれてしまったかな」

「いえ、定町廻りのお達しでそのままにしてあるはずです」

「ほう、誰だいその同心は」

「南町の沼田重三郎《ぬまたじゅうざぶろう》さまです」

「鉢合わせをしたらまずいかな」

「まぁ、嫌味のひとつくらいは言われるでしょうねぇ」

「そのくらいなら気にならん」

伸十郎は笑った。

「縄張り違いで伊之助親分が都合でも悪くなるなら困るが」

「いえ、そんなことは……。高積同心だって荷駄やなにかの不都合を見て回っているわけですから、そのついでだと言えば文句は言われねぇでしょう」

「それなら良い」

仲十郎は、頷いた。

富岡八幡の前から永代橋を渡って行くと川風はすっかり春の香りであった。江戸の春は風が強い。ときどき強風に煽られて立ち往生をしている娘の姿も見られた。

仲十郎と伊之助も体を前に倒しながら進む。

「ところで昨日、伊丹屋が来たぞ」

「へぇ？　なにをしに来たんです？」

「私を見に来たのだろう」

「どうしてです？」

「どんな唐変木《とうへんぼく》がいるかと思ったのかもしれん」

「まさか……あっしの考えじゃ、たぶんお登志さんが目当てですよ」

「それこそまさかだ」

「伊丹屋というのは女にもけっこうだらしねぇところがあると聞きましたからねぇ」

「ほう……」

「ですから今回、伊丹屋が襲われたのは女がらみじゃねぇかという近所の声もあったくれぇでさぁ」

「そうか……」

仲十郎は、眉を動かした。

「伊丹屋は、事件を解決してくれたら、道場をつくってもいいと言いにきたのだ」

「へぇ、それはまた。で、受けたんですかい、その話を」

「鵜呑《うの》みにはしておらん」

「それを聞いて安心しました。伊丹屋松之助という男は評判がよくねぇですからねぇ」

「…………」

仲十郎は顎に手を添え、撫で始めた。

風に吹かれながら横川《よこかわ》沿いを北に進んで行く。

草の匂いが強く風に乗ってくる。それに混じって堀《ほり》川からの川の匂いもかすかに流れてきた。すべて春の横顔だ。

「親分……どうして春というか知っておるかな」

「はい？　春の理由ですかい？」

「草木が張る、からきているというぞ」

「へぇ、そうなんで？」

ともいう」

「あるいは、田畑を耕すことを墾《は》る、ともいう。そこから春と呼ばれるようになった

「はぁ」

伊之助はちんぷんかんぷんだ、という顔付きで、

「そんなことより、清士郎さんが困っているんです」

「どうした」

「先日、お登志さんにも注意をしていたようですが、荷駄から売り物を盗まれる事件が続いたものでねぇ」

「それなら定町廻りや隠密廻りの仕事ではないのか」

「まぁそうなんでしょうが、清士郎さんは自分の落ち度のように感じていましてね」

「律義《りちぎ》なことだ」

「難儀な性格なんですよ、つまらねぇところに真面目で。この前は故買屋を当たっていました。そこに盗まれたものを売りにくる奴が必ずいるはずだ、と張りきっています。そうやって探索の腕を見込まれたら、定町廻り同心に回してもらえるかもしれねぇとか言いましてね」

その言葉に、伸十郎はわははと大笑いをする。

「まぁそのまじめさは幼き頃から同じだったぞ」

「とうとう手ぬぐいで顔を隠した目の下に黒子《ほくろ》がある男が、売りに来たという話を聞き込みやした。今度きたら必ず知らせるように下っ引きを手配してあります」

「それは執念だな」

向島は金持ちの商人や、武家が寮を置いている土地だ。粋な料理屋などもところどころにあり、文人墨客《ぼっかく》が好んで散策をしている場所でもあった。

ふたりは、大川沿いに出た。

三囲《みめぐり》神社を越えると、梅若《うめわか》伝説で知られる木母《もくぼ》寺に出る。この辺りは桜の名所でもあり、町内の集まりなのか数人の集団が蓆を広げたり、毛氈《もうせん》を敷き、酒を飲んだり料理を食べたりと楽しんでいる様子が窺えた。

仲十郎と伊之助はその手前を右に入っていった。

武家の寮らしき建物が並んでいて、その道をさらに奥へ行くと、広場に出た。その一角に緑に苔《こけ》むした屋根のきれいな屋敷が見えてきた。

そこが伊丹屋の寮である。

仲十郎は、大きくため息をつき、

「ううむ、この辺りで道場を構えるのもいいかもしれんな」

「でも、こんなところじゃ弟子が集まりませんよ」

「しかし、四季を楽しむにはいい場所だ」

「まぁ、それだから金持ちたちが寮を持つんでしょうねぇ」

「その気持ちはよくわかる」

仲十郎は、頷きながら寮に向かった。

「寮には誰かいるのかな」

「普通なら、番人がいると思いますが」

「そうか」

それならいい、と仲十郎は呟いた。

寮の前はちょっとした広場になっていて、片側には小川が流れている。前庭がそこから繋がっているのだ。

「ここだな」

仲十郎が、ある位置を示した。

「この桜の木が目印だ」

「この木の前で殺されたんで？」

「ふむ……」

　仲十郎は、地面を踏みしめながら、桜の木の周辺を歩き回る。木を叩いたり草を踏みしめたり。木の前から家を望んで目を細める。

「伊之助親分、ちょっとそこに立ってくれ」

「こうですかい」

　桜の木から二間ほど離れた場所を指さして、伊之助に家の方向を向かせた。

　よし、と言って仲十郎は、立っている伊之助の周囲をぐるぐる回って、近付いたり離れたり、距離を測るような行動を続けた。

　寮の周りを囲っているのは背の低い垣根だけである。それだけでは物騒なこと極まりない。

「これじゃ、盗っ人に入ってください、と言ってるようなものだ」

　仲十郎の言葉に、伊之助も頷く。

「用心棒でも住んでいたんですかねぇ」

「ここにいたんじゃ、用心棒にはならんだろう」

「それもそうです……」

　仲十郎たちがうろついている音が聞こえたのか、色の白い娘が窓から怪訝《けげん》そうな目つきでこちらを見ていたが、すぐ顔を引っ込めた。

ばたばたと家のなかを歩く音が聞こえてきた。

かすかに話し声が響いた。

やがて、廊下の戸が開き縁側から男が降りてきた。きれいに月代《さかやき》をそった、がっちりした体つきの男だった。渋茶の括《くく》り袴《ばかま》を穿《は》いて六尺棒を左手に持ち、それをぶらぶらさせながら近付いてくる。

「なるほど、あの男がここを守っているという寸法だな」

仲十郎がにやりとした。

「けっこう喧嘩慣れをしているようだ」

「そうなんですかい？」

「あの歩きかたから見たら、棒術を使うのだろう」

「へぇ……」

男は仲十郎の前に足を止めた。

「なにをしているのです？」

慇懃《いんぎん》な態度で男は仲十郎に尋ねてきた。歳は三十前くらいか。体つきだけではなく、顔もがっちりとえらが張っている。いかにも強面《こわもて》であるが、目は憂《うれ》いを含んでいるように見える。

「ちと調べをな」

「はて……なにをお調べなのでしょう？」

言葉つきはていねいだが、目付きは鋭い。

伊之助が一歩前に出て答えた。

「あぁ申し訳ねぇが、こういう者だ」

十手《じって》を出して上下に振って見せる。

「あぁ、そうでしたか」

案外あっさりと棒を右手に持ち替えた。戦う意思はないと伝えたのだ。その仕草に
伸十郎は、ほうと声をあげた。

「こんな寮の番人にしておくにはもったいない腕のようだ」

じろりと目線だけを動かして、男は伸十郎に対した。

「……あなた様は？」

「これはすまぬ。伊丹屋さんから例の事件を解決してくれないかと頼まれた男だ」

「あぁ……その話は聞いておりました。あなた様が」

人柄を推《お》し量《はか》るような目つきをする。

伊之助は、そんな男を上から舐めるようにしながら、

「あんたはここの寮の番人かい？」

「申し遅れました。辰造《たつぞう》と申します」

「辰造さんかい。さっき娘さんの顔が見えていたようだが、あれは？」

「松之助さまの次女で、お妙《たえ》さまです」

「どうしてここにいるんだい」

「少々体がお弱いので、本宅よりこちらのほうが体にもいいだろうということなのです」

「なるほど」

伊之助は頷いた。

「で、辰造さん……先日、こちらで起きた事件を覚えてるかな」

伸十郎が問う。

「もちろんでございます。平三郎さまはよいかたでした。とんでもないことになったものだと心を痛めています」

「……その平三郎なる用心棒の腕は」

「侍ではありませんが、鹿島《かしま》神道流の目録をもらったという話でしたから、かなりのものだったと思います。そのような人があっさりと後ろから飛んできた出刃に刺されたとは……初めは耳を疑いました」

辰造は、目を伏せながら答えた。

「そのとき、辰造さんはどこにいなすったんで？」

伊之助が首を傾げた。

「大勢の人が集まっていたんだ。警戒に当たっていたと思うんだが」

「入り口で人の整理やら怪しい人間が入ってこないように見張っていました」

その答えを聞いて伊之助は仲十郎に眼を移した。

仲十郎は、そのときのことを思い出そうとしているのか、一瞬、口を結んだ。

「まったく覚えておらんなぁ」

「頼りねぇ人だねぇ」

半分笑いながら、伊之助は十手で肩をとんとん叩く。

「それじゃぁ、辰造さんはその平三郎さんが死んだところは見てねぇんだね？」

「……私がそばにいたらあんなことにはならなかったのではないかと」

「それほど腕に自信があるのかい」

「いえ、そういうわけではありません」

「まぁいいや。で、あのお嬢さんはそのときどこにいたんだい？」

「外に出てはいたと思いますが、現場は見ていなかったようです」

「なにか不審な人間を見たとか、そういう話はねぇのかい」

「お連れしましょうか？」

伊之助は、あぁ頼むと横柄に頷いた。

六

辰造がお妙を呼んできた。

お妙の顔色はあまりよくない。透き通るような色白というより、青いくらいだった。目が腫《は》れている。唇が厚くじっと見ると色気が感じられる。

仲十郎の顔を見ると一瞬、はっとした表情を見せた。

「外に出てもいいのかい？」

弱々しい雰囲気でたたずんでいるお妙に伊之助が心配顔をする。

「はい、今日は暖かいのでまだましでございます」

「風が強いからな、あまり長くはならねぇようにするが……」

伊之助の言葉に、仲十郎はうむと頷くと、

「事件のときはどこにいたんだね」

「庭に出ていました」

か細い声で答えた。

「現場を見ていたのかな」

「はい、すぐそばにいましたので……」

「顔を手ぬぐいで隠した男のことはどうだ。伊丹屋に襲いかかった男だが」

「いえ……私は平三郎さんのちょっと後ろにいましたので、わぁっという声は聞こえていましたがそれ以外はわかりません」

「そうか……なにかそのときに気がついたことはなかっただろうか」

「……いえ。あまりあのような大勢の人がいるところは苦手なので、なるべく人混みから離れたところにいるようにしていましたから、よくはわかりません」

「平三郎とはよく会ったのかい」

「たまにお父つぁんが一緒に連れてきていましたから」

「……話をしたことは」

「もちろんあります」

そう答えると、泣きそうな顔になった。

辰造が割って入った。

「あまり長くなるとお体に障りますのでこの辺で。いずれにしてもお妙さんはなにも見てはいないでしょう。私たちはなにも知りません。旦那さまが襲われたのですから、そちらから当たった方がいいのではありませんか」

最後は、明らかに迷惑そうな顔を仲十郎と伊之助に向けた。

「長居をしてもいかんか」

仲十郎は、伊之助を促した。

へぇと頭を下げる伊之助だが、まだ訊くことが残っているのではないか、と目配せをする。だが、仲十郎は踵《きびす》を返した。

「邪魔したな」

伊之助は、目を合わせようとしないお妙に声をかけてから、辰造に顔を移す。辰造は慇懃に頭を下げた。

すたすたと寮から出て、大川沿いに向かった仲十郎に伊之助は、

「あんな質問だけでよかったんですかい？　もっと締め上げたほうが……」

「……」

仲十郎の顔は厳しい。

「親分……」

「へぇ」

緊迫した雰囲気に伊之助は肩に力を入れた。

「この先はどこだ」

「すぐ大川にぶつかります」

「右に行くと木母寺か」

「そうですが……」

「では、親分は大川にぶつかったら左に行け」

「旦那は？」

「右手に行く」

「分かれるので」

「そうだ」

「なぜです？」

「よいからそうしろ」

伊之助は目をしばたたかせていたが、伸十郎の厳しい顔付きに黙った。

川風が強くなった。

仲十郎は、伊之助に声をかけず右手に曲がった。

伊之助は左へ。二手に分かれる。

仲十郎は木母寺の門前を通り過ぎていった。

伊之助は、途中で足を止め、振り向いて仲十郎の居場所を確認してから木母寺方面に戻った。寺の前に着いたとき、仲十郎の後ろを尾けている浪人がいることに気がついた。

浪人が、振り向いた。

伊之助は、とっさに木母寺の門を潜った。

しばらく境内を歩き回ってから通りに出て、仲十郎と浪人の距離を測った。仲十郎に浪人が追いついたようだった。伊之助は、少し早足に変えた。

仲十郎は、河原に降りていく。

浪人は自分の姿を隠そうともせずにその後を尾けていく。

「誰に頼まれた」

突然、振り向いて仲十郎が詰問した。

浪人は懐手をしながら、平然と笑う。無精髭に月代もぼうぼうである。いかにも尾羽《おは》打《う》ちからしたという風情である。一本差しはまるで柄が天を向いているようだ。

頬に小さな刀傷のようなものが見えている。青白い顔がその傷のせいで凄惨に見えた。

「そんなことを答えると思って訊いたとしたら、お前はそうとうなまぬけだな」

しわがれ声である。

「もちろんそんなことはわかっておる。わかっているが一応訊くのが礼儀ではないかと思ってな」

本気とも思えぬ返答に、浪人は頬を歪めて、

「そんな問答は無用だ。さっさと抜け」

浪人はそう言うと、すらりと刀を抜いた。だが、だらりと提《さ》げたまま構えようとしない。切っ先を微妙に動かしながら、調子を取っている。

「ほう……不思議な剣だ」

仲十郎は、ぼんやりとした目つきだった。

「ふん、そんなわざと間抜けそうな目つきをしても儂の目はごまかせぬ」

「なるほど……」

仲十郎は、数歩下がった。

「逃げるか」

「逃げはしない。だが戦う気もない」

「なぜだ」

「あんたを斬る理由がないからだ」

「なんだと？　儂を斬る？　それは面白いな」

浪人は、仲十郎が下がった分だけ水の上を歩くようにすぅっと前に出た。切っ先が上がって八双の形に変化した。

仲十郎はそれでも刀を抜かない。

「抜け！」

浪人がじれて叫んだ。

それでも仲十郎は、じりじりと下がっていくだけで、刀には手をかける気配はない。

「名だけは訊いておこうか。墓標を立てるときに困るでな」

「……ち。へらずぐちばかり」

浪人は、ふっと息を吐くと、

「名は、伊賀谷《いがや》だ。伊賀谷冬馬《とうま》だ」

「ほう、なかなかの名を持っておるのに金で人殺しをするとは……名前に負けておるなぁ」

「やかましい！」

伊賀谷は八双に構えたまま、ずずずっと仲十郎に向かった。

「おっと……やはり逃げる」

言いざま、仲十郎は後ろを見せて裾をからげると一目散に逃げ出した。その速さに驚いた伊賀谷は呆然と突っ立っていたが、やがて首を振りながらどこへともなく歩き出した。

それを見ていた伊之助も、来た道を戻った。

伊賀谷冬馬と名乗る刺客から逃げた仲十郎は、ぐるりと木母寺の裏道を回った。途中、寺の中に伊賀谷が入っていく姿が見えた。苦笑しながら仲十郎は三囲神社に出た。

境内から伊之助が出てきた。

「仲十郎の旦那……鮮やかにまきましたね」

「なに、あのくらいは朝飯前だ」

「さいですかい。ところであのさんぴん野郎、なにが目的だったんでしょうねぇ？

物盗りとは思えねぇし……」

「さぁなぁ」

「誰かに頼まれたんでしょうか」

「さて……それだが」

にんまりする伸十郎に、伊之助は怪訝な目つきを送る。

「誰が差し向けてきたのか気がついているんですかい？」

「いや、わからん」

「伊丹屋の事件に関係があるんでしょうかねぇ？」

「はてなぁ。近江屋かもしれんぞ」

「近江屋が？」

「あの男にはよほど私が邪魔に見えるらしい」

「はぁ、お登志さんを狙っているとしたら、たしかに旦那は邪魔でしょうねぇ。なにか画策しようとしても、邪魔をするんですから」

「あるいは……」

顎を撫でる伸十郎に、伊之助は顔をあげて訝《いぶか》しげに問う。

「ほかにも誰か命を狙うような人間がいると？」

「伊丹屋かもしれん」

「まさか……事件を解決してくれと申し出ているのに、そんなばかなことはやらねぇでしょう」

「人は目的のためには手段を選ばぬものだ」

「なんの目的です？」

「それは親分が教えてくれたのだ。お登志さんを狙っている」

「へぇ、伊丹屋が……」

まじめに考え出した伊之助の肩を仲十郎はぽんと叩いて、

「親分、まぁわからねぇことはほうっておけばいつか機が熟す。そこですべてが見えるようになるものだ、気にするな」

「そう言われましてもねぇ……命が狙われてるんですからねぇ。襲撃がこれで終わるとは思えねぇ」

そのうち判明する、と仲十郎は屈託なく笑った。

「で、さっきの野郎はどこに消えたんでしょう？　あっしはここに隠れていましたが、通った姿は見てませんぜ」

「木母寺に入っていったのは見えたが……まぁ、梅若のお参りでもしているのだろう。おそらく大丈夫だとは思うが早くここから離れよう」

仲十郎は足を速めた。

七

それから数日が過ぎた。

その間、伊之助は伊丹屋松之助を恨んでいると思われる連中を当たっていた。そこからなにか出てくるかもしれない、と伊之助は踏んでいるようだが、なぜか仲十郎はあまり熱心ではない。

というより、かかりっきりになれないのである。お登志が連れ回しているからだ。事件の探索をしろと言ったのはお登志さんだろう、と苦情を言っても、

「仲さんの本分は私の用心棒です」

と言って受け付けない。

矛盾があるような話だが、それを持ち出されると仲十郎としても拒否をするわけにはいかない。呉服の仕入れやら、お得意さんへの顔出しなどにつき合わされ続けている。

「大店の主人というのはやることがいっぱいあるものだ」

「黙っていたらお客さんが来るというものではありませんからね」

とお登志は、得意先から仕入れ先、さらには伊達家への挨拶など、手広く訪ね回っていた。

その日、お登志は帳簿を整理していた。仲十郎は事件の調べに回るだろう、と甚助がお供を申し出てきたとき、清士郎が訪ねてきた。

どこか納得がいかないという顔付きである。

仲十郎は清士郎をとなりの義作の店に誘った。刻限はちょうど昼時をすぎたので、客は少ない。

「……で、どんな用事だ」

出てきた銚子を持って仲十郎が問う。清士郎は、仲十郎が置いた銚子と盃を横一直線に並べ直してから、

「山下に出刃打ちがいるのだが知ってるかい」

「いや、伊之助から聞いたことはあるがそれ以上は知らん」

「捕まったのだ」

「ん？」

「捕縛したのは沼田重三郎という南町の同心だ」

「聞いた名だな」

「伊丹屋の用心棒の背中には出刃が刺さっていたということだけで捕縛したらしい」

「無茶な」

「出刃打ちは、名を近助《きんすけ》というんだが、その日、見世物小屋を休んでいたというんだ。つまり伊丹屋の寮に行ったからだろう、というのが沼田の言い分だ」

「しかし、そんな芸人の姿はなかったが」

「変装して入り込んだから見逃したのだろうという話なんだが……あまりにも強引過ぎると思うがどうだい」

「まったくのでたらめだろう」

「そう思うか」

「そもそも出刃が背中に刺さっていたからといって、出刃打ちが下手人と決めつけることが無茶苦茶だ」

仲十郎の盃に清士郎は銚子を傾けながら、

「周囲はみなそう考えているはずなんだが、沼田という同心は一度言い出したら他人の話は聞かねぇことで有名だ。それにな、拷問で自白を強要することでも知られる定町廻りでなぁ……どうしたらいい」

「どうもこうも……一介の用心棒にはなにもできん」

そうか……と清士郎は肩を落とす。

「ところで……」

仲十郎は、盃を持つ手を止めて、

「この前、木母寺の辺りで命を狙われたのだ」

「なんだって？　大丈夫だったのかい」

「こうやって生きている」

「冗談ですむ話ではねぇだろうに」

あっけらかんとしている仲十郎に清士郎は呆れ顔をする。

「じつはな……」

仲十郎は、声を低めた。

「この事件はおかしなところが多過ぎる」

「たとえば？」

「伊之助の父親、市蔵も指摘していたんだが、どうして厳重な見張りの中を刺客が潜り込むことができたのか。それに、殺された平三郎という用心棒は侍ではなかったが腕は立ったということだ。そんな男が背中とはいえ、簡単に刺し殺されている」

「ううむ」

「伊丹屋は、手ぬぐいをかぶった人間の顔は見ていないというが、本当なのだろうか。いくら手ぬぐいで顔を隠していたとしてもまったく気がついていないのはなぜなのだ」

「はてなぁ……言われてみたらいちいちもっともな話だが……そういう伸さんはこの殺しをどう考えているんだい」

「出刃で殺されているのだから、たしかに疑われるのは、出刃をうまく使う人間だろう」

「ごもっとも」

「だからといって山下の見世物小屋にいるという出刃打ちが下手人ということにするには無理がありすぎる」

「そういえば沼田の言によると、近助は事件が起きた刻限には誰かに呼び出されて不忍池界隈にいたという話だが、沼田はまったくでたらめだ、と意に介していねぇらしい」

「ほう、それならば頼みがある」

仲十郎は、ぐいと顔を清士郎に近づけると、

「その出刃打ちに会ってな……」

仲十郎は、なにやらひそひそと耳打ちをした。

「……やってみよう。それくらいならなんとかなる」

そこにお加代が前垂れで手を拭きながら近付いてきた。

「なにをそんなに真剣な顔をしているんです」

「お加代ちゃん……御用の話だよ」

「……伊之さんは来ないんですか？」

「さぁなぁ、ここで会う約束をしているわけじゃねぇからな。まぁ用事が済んだら顔を見せるかもしれねぇが、確約はできねぇなぁ」

「そうですか……最近、伊之さんは冷たいんですよ」

「どうしてだい」

「仲さんが来てからなにかやたら忙しくしてるんですよ」

お加代は口を尖《とが》らせて仲十郎を睨んだ。仲十郎は、顔をあげて苦笑する。

「そう言われてもな」

「だって本当じゃありませんか。仲さんが青葉屋さんの用心棒になる前はそんなに御

用の仕事だからと走り回っていませんでしたからねぇ」

ううむ、と仲十郎は困り顔をする。

「それはわるかったなぁ。今後はあまり使いは頼まないことにしよう」

お加代は言いたいことを言ったという満足顔で奥に戻っていった。調理場から義作が顔を出して、申し訳なさそうに頭を下げている。

仲十郎と清士郎は目を合わせて、苦笑するしかなかった。

それを潮にふたりは立ち上がった。

「では出刃打ちの件を頼む」

「心得た」

仲十郎は清士郎を見送ってから青葉屋に戻った。

帳場ではお登志がそろばんを一心にはじいている。横を通ったがちらりとも見ない。仲十郎は、奥から庭に向かい甚助を探した。箒《ほうき》を使っているところを見つけて、話しかけた。

「頼みがある……」

甚助は手を止めて顔を上げた。

「じつは、これから伊丹屋に行こうと思う。お登志さんがどこかに出かけるときには、私の代わりに一緒に行ってほしい」

「はぁ、それはいいのですが……伊丹屋になんの用事です？」

「ちょっと調べたいことがあるのだ」

「わかりました」

「ふむ……では頼んだぞ」

甚助は、存分に調べてきてください、と答えて手を動かし始めた。

仲十郎は、帳場には向かわず、庭から外の通りに繋がる潜り戸から出た。

外は少し雲が立ちこめていたが、仲十郎はかすかに天を仰いだだけで傘を取りに帰らず歩き出した。ばたばたと後ろで足音が聞こえ振り返ると、甚助が蛇の目を振っている。仲十郎は、一度立ち止まったが手を振ってそのまま進んだ。

永代橋を渡る頃から小雨が降り出してきた。

小走りになって、すぐそばの水茶屋に雨宿りに入った。若い女が軒下で雨を避けている。不躾《ぶしつけ》に見詰め続けていると、女は怪訝そうに一度仲十郎を見てから、顔をしかめて横を向いた。

しばらくすると、娘の供らしい下男が傘を二本持って走ってきた。その下男の顔を見て、伸十郎は目を見開いた。同じようにお供も伸十郎を見て、あぁと口を動かした。伊丹屋の松之助が青葉屋に伸十郎を訪ねたとき、松之助を待っていた下男だった。

「これ、お前は伊丹屋の者ではないか？」

男は訝しげな目で見た。

「青葉屋の用心棒だ」

「これはこれは……青葉屋さんの秋森伸十郎さまですか？」

「そうだ……」

伸十郎は、横にいる娘に目を移した。この娘が伊丹屋の長女なのだろう。娘は、さっきの怪訝な目つきから親しみのある顔付きに変えて、

「そうでございましたか。伸十郎さまの名前は聞いております」

大店の娘らしくていねいな言葉遣いだった。

普段あまり外に出ないのだろう、白く透き通るような肌だった。目は細長く、鼻は少々丸いが愛嬌がある。唇も向島にいる病弱な妹、お妙に比べると薄いがぽっちゃりと膨らんだ唇は人を引きつける。楚々《そそ》とした雰囲気はその場をふんわりとさせる力を持っているようだ。

「私は、志乃《しの》といいます。こちらは下男の茂八《もはち》です」

仲十郎は、頰を緩める。

「これはごていねいに。秋森仲十郎です」

「どちらにお出かけですか？」

「奇遇なのだが、これから伊丹屋さんを訪ねるつもりであった」

「あら……」

お志乃は、少し息を飲んで驚いた顔をしていたが、すぐ元に戻って、

「それなら一緒にまいりましょう」

傘を仲十郎に一本渡した。

「これはかたじけない」

仲十郎は、一瞬、手を出して止めたが、お志乃が仲十郎に押し付けるようにして渡した。仲十郎はそれを押し頂いて開いた。茂八は自分は濡れてもいいと言って、もう一本をお志乃に預けた。

「それじゃあ落ち着かない。茂八さん、相合い傘だ」

笑みを見せて仲十郎が茂八の体に傘を差し出した。茂八はひと呼吸置いてから、お志乃を見た。お志乃は笑いながら、

「男同士ではつまりませんね。茂八、私のを使いなさい」

お志乃が茂八の手に渡そうとする。

「まさか」

「いいのです。私はこの仲十郎さまと相合い傘です」

にっこりと笑うと頬に小さなえくぼができた。きれいな簪が揺れている。仲十郎が見とれていると、

「ふふ、ある人からの贈り物なのです」

ころころとお志乃はうれしそうに頬を緩ませた。

八

娘と相合い傘で店にやってきた仲十郎を見て、松之助は目を丸くした。志乃はそんな父親を無視したまま、自分の座敷に入ってしまった。仲十郎は奥座敷に通された。

松之助は困惑気味に仲十郎を見詰める。

「どうなさいました、今日は？」

「ちと尋ねたいことがあったのだ」

「はて、なんでしょう」

「その前に、お志乃さんはお妙さんの姉なのか」

「はぁ、そうでございますが……近頃少し気力を落としているようで。どこかやつれております」

「そうなのか。そういえば少し顔色が青く、透き通るような頬をしていたが……病かな」

「いえ……そうではないのです」

「言いにくいことならよい」

「いえ……あの、じつは平三郎とはどうも恋仲になりかかっていたような節がありまして、それを私は叱《しか》ったのです。私の娘が嫁ぐとしたら、お店者でなければいけません……お志乃は聞き分けのいい娘なので、諦めたようでした……」

「ほう……」

「そんな傷心のときに、今度のような事件が起きたので、ますます元気をなくしてしまったのです」

「…………」

仲十郎は、顎を小さく撫で始めた。

「今日は、久々に稽古事に出かけていったのでございますが、まさか伸十郎さまと一緒に帰ってくるとは」

「意外であったか」

「まぁ、はい」

「雨宿りをしていたら、そこで偶然な」

「そうでしたか……で、今日のご用のむきは？」

「……平三郎のことを訊きたかったのだ」

「どのようなことでございましょう」

「普段はこちらにいたのかな」

「そうでございます。私がでかけるときは一緒でしたが」

「向島の寮に行くときも一緒……」

「もちろんでございます。それがなにか？」

怪訝そうな目をする松之助に、伸十郎は顎を撫でているだけだ。

「姉妹の仲はどうなのだ」

「はて、なぜそのようなことを？」

「なに、とくに理由はない。さっき会ったから訊いてるまでだ」

「そうですか、取り立てて問題はありませんが……妹は近頃、体調が優《すぐ》れず向島で養生をさせていたのです」

「医師には見せたのか」

「いえ、本人がただの季節の変化による気鬱《きうつ》です、というので……」

「姉妹の仲が近頃おかしくなったような雰囲気はなかったのだな」

「……そのような話は聞いていませんねぇ。ただ、そういえばお妙の体調がおかしくなったころから、ふたりが会話をする姿はあまり見ていないような気がしないでもありません」

松之助は、どうしてそんな質問をするのか、という目つきで答えた。

伸十郎は顎を撫で、口をつぐんでしまった。

松之助は怪訝な眼つきのままで、じっと伸十郎の次の言葉を待っている。だが、伸十郎はすっくと立ち上がった。

「邪魔したな」

「おや、お帰りですか?」

「これでいろんなことがわかった」

「はぁ？　なにがです」

「事件の裏だ」

「平三郎の件でございますか？」

「…………」

小さく頷いただけで、仲十郎は言葉には出さない。

「どういうことでございましょう」

松之助は慌てて立ちあがって仲十郎の前に立ちふさがった。

「教えてください」

「わからぬか」

「まるで霧のなかです」

声は小さかった。

「知らぬほうがいいのかもしれんな」

「そんな……そもそもは私が事件の謎を解いてくれるようにお願いしたのですから。いわば私は依頼主です」

「どんな結果になるかわからぬが……それでもよいな」

「それは……」

「……ときに真実は残酷な顔を見せる」

松之助は唇をわななと震わせている。

「ところで、お前は襲ってきた相手の顔を見ていたはずではないか」

「いえ、ですからそれは手ぬぐいをかぶっていたので見ていないと申し上げています」

「そこがおかしい」

「どうしてでございましょう」

「襲ってきた相手にまったく見覚えがないというのだな……いまさら訊いても詮《せん》ないのだが」

「いきなりのことで憶えていないのでございます」

「……よし、わかった。ならば私に付いてこい」

「どこに行くのですか？」

「だから向島の寮だ。先に使いなど出すなよ」

「………」

「先回りをされて逃がされては困る」

「誰を逃がそうというのです」

松之助の顔色はどんどん青白くなっていく。額に筋が生まれ、眉間はますます狭くなった。太く長い眉が尖って見える。

「黙ってついてくるんだな」

仲十郎の声は低く冷たい。

「わかりました……」

しぶしぶ松之助は承諾した。

粉糠《こぬか》雨がまだ降り続いている。

松之助が出かけようとすると、下男の茂八が寄ってきたが、それを手で制した。仲十郎は茂八に声をかけて、心配はいらないと告げた。いつになく緊張の面持ちをしている松之助を見て、茂八は不安そうな顔をするが、

「茂八、私のことは心配いらないから、お志乃のことを頼みますよ」

そう言って伊丹屋の名が書かれた蛇の目傘を仲十郎に渡すと、自分の分も取り上げた。

「仲十郎さま……」

茂八は、目をしょぼつかせている。

「心配はいらない」

仲十郎は、努めて明るい顔を見せたが、茂八の不安そうな目は変わらなかった。

「不思議な道行となったものだ」

仲十郎は皮肉な顔つきをする。

「まったくでございます」

そう言うと、松之助は本町の通りで辻駕籠を見つけると、仲十郎の顔を見た。

「この雨のなかを歩くよりは駕籠をいかがでしょう」

「払いは頼む」

仲十郎の言葉に苦笑しながら、松之助は駕籠屋の前に行き二挺頼んだ。

駕籠に揺られながら、仲十郎はずぅっと顎を撫で続け、ときおり溜め息をついた。

「仲十郎さま……」

並行して走る駕籠の垂れを上げて松之助が声をかけてきた。

「どうした」

同じように垂れを上げて仲十郎が答えた。

「私にも少し、教えていただきたいのですが」

「なにをだ」

「謎解きの糸口です」

「こんなときに……後にしろ」

仲十郎は音を立てて垂れを下げ、眉根を寄せた。

揺れながら進む駕籠に、雨が落ちる音が聞こえている。仲十郎は、その音に耳を澄ますように顔をかすかに横に向けた。さらに顎を手で撫でた。首を傾げると、今度は拳を握った。

そうこうしているうちに、川の流れる音が聞こえてきた。大川橋を渡ったのだ。

駕籠は橋を渡ると左に進路を変える。雨に濡れた草の匂いが強くなり、町屋から草木が多く生えている場所に入ったことがわかった。

駕籠屋がどの辺りですか、と問う声が聞こえてきた。

松之助が木母寺の横を曲がってください、と答えている。へぇ、という返事が聞こえた。

しばらく進むと、この辺で、という松之助の声が聞こえ駕籠が止まった。

垂れを上げると、寮の前庭が見えた。

雨に煙る苔むした屋根は風情がある。背の低い垣根の葉が水をはじき、そこに小さなアマガエルが腹を動かしているのが見えた。

仲十郎は力強く拳を握り、それから駕籠を降りた。

九

辰造が押っ取り刀で迎えに出てきた。

「どういたしました。使いもなくいきなりとはお珍しい」

そう言うと、後ろに仲十郎が立っているのを見て体を強ばらせた。

「おや、仲十郎さまもご一緒でしたか」

仲十郎は、かすかに頭を下げる。

松之助は、お妙はいるかと辰造に確かめた。

「はい、眩暈《めまい》がするとかでさきほどから少しお休みになっておりますが」

「雨のせいかな」

「おそらくそうかと」

主従は、仲十郎をちらちら横目で見ながら目でなにか語ろうとしている。仲十郎は
そんなふたりを見詰めているだけだ。

「仲十郎さま……まずはなかへ」

辰造が仲十郎に声をかけた。どこか不安がありそうな沈んだ声だ。

「すまんな、こんな雨でお妙さんの体調がよくないときに」

「いえ……」

唇を噛みながら、辰造は仲十郎を座敷に誘った。そのとなりの部屋にはお妙が寝ているらしい。火鉢で部屋は暖められている。

「こちらも暖めておかないと、となりに冷たい風が入ると困りますので」

辰造が言い訳のように言った。

桜の季節。雨の日はまだ空気は冷たい。

座敷に入ると、右側が上座。そこに仲十郎が座り、離れて対面するように松之助が腰を下ろした。そして辰造は、さらに後ろ、となりの部屋に繋がる襖の横に座った。

「ところで仲十郎さま……今日はなにごとでしょうか?」

図るような目つきで辰造は問う。

「……ちといい話ではないかもしれんが」

「はぁ……」

辰造は目を伏せた。

松之助は、座敷にあがってからひと言も言葉を発していない。膝を揃え直したり、手で肩を叩いたり落ち着きがない。なにか喋ることによって、悪いことが起きるのではないかというような顔をしていた。

「辰造……」

仲十郎が鋭い目つきで名を呼んだ。

「はい……」

その厳しい声音に辰造は頭を少し下げた。

「この松之助のそばで不審な動きをしたのは、お前だな」

「………」

「あの日、つまり用心棒の平三郎が殺された日のことだ」

眉根を寄せるだけで辰造は答えない。

「手ぬぐいで顔を隠して、松之助が動くように仕向けたであろう」

「はて、一向になんのことやら」

「とぼけるか」

異議を唱えたのは松之助であった。

「仲十郎さま、そんなおかしな物言いはやめてくださいませんか。私は、あの事件の謎を解いてくださいとお願いしましたが、身内を下手人に仕立て上げてくれとは頼んでいません」

物言いをつけてるわりには、声音に張りはなかった。

仲十郎はふっと笑みを浮かべる。ふたりはなんともいえぬ顔つきだ。

「まぁいいだろう。これからは独り言だ」

そう言って、ふたりの顔を仲十郎はねめつけた。

「まず、平三郎という用心棒だが、これが殺された理由はまだはっきりはしない。まぁあて推量ならあるのだが、それはおいておこう」

松之助は天井を見たり畳を見たりとそわそわしているが、辰造は落ち着き払っている。松之助は、羽織を着ている。辰造は括り袴。この衣装を見なければどちらが主人かわからぬほどだ。

「さて……それから、平三郎は侍ではないが鹿島神道流の目録を手にしているほどの腕前。それがどうしてあんなにあっさりと殺されたのだろうか」

「それは……」

松之助が口を挟もうとするが、仲十郎はそれを手で制した。

「まぁ最後まで聞くんだ。私が一番気になったのは、後ろから刺されているということだ。いくら大勢の客が来ていたとしても、用心棒が後ろを取られることは普通ならあり得ぬことだ。剣に生きる者というのは後ろにも目が付いているほど慎重なのだからな。しかし、それがあっさりと刺されている。しかも背中の中心を。つまり逃げようとしてないということでもある」

「しかし、あの人混みでは後ろに誰がいるのかなど、気にすることはできないのではありませんか？」

辰造の目が、しだいに鋭く変化し始めた。

「そんなことはない。試しに、辰造、お前はいまでも背には人が入れないように座っておるではないか」

「それは、私は身分が低いからです」

「ふ……それだけではあるまい」

松之助はなにかを諦めたような顔をしている。辰造とは大違いであった。

「そこで考えたのは、平三郎は松之助に寄りそっていた者が誰か気がついたのではないかということだ。いくら人混みのなかとはいえ、さらに手ぬぐいをかぶっているとはいえ、誰か気がつかずにいたのかどうか、と考えた」

「私は本当に顔は見ませんでしたよ」

松之助が不服そうに目を剝いた。

「平三郎は用心棒だ。そんなことで慌てふためくような男ではあるまい。相手が誰か気がついたところで、一瞬、警戒を解いた。だからすきが生まれたのだ」

「は?……」

辰造は、じりじりと仲十郎から遠ざかり始めている。

仲十郎は辰造にちらりと目を向けてから、

「つまりだ、後ろにいた人間も知りあいだったのだ。だからまさか出刃などで刺されるとは夢にも思ってはいなかったのではないか……」

そこでひと息つくと、仲十郎はとなりの部屋を仕切っている襖に向かって話しかけた。

「違うかな、お妙さん……」

襖が静かに開いた。

顔色を真っ白にしたお妙が、倒れそうになりながら出てきた。腰を下ろす姿もどこか痛々しい。だが、仲十郎は容赦なく告げた。

「出刃を投げたのはあんただ」

お妙は、静かに顔を上げた。なにか言いたそうにしているが、言葉にならない。思い余ったか、松之助が必死な声で異論を唱えた。

「でも、山下の出刃打ちが捕まったのではありませんか。それで事件は解決しております……事件はすでに解決したのですよ」

「あれはまやかしだろう。もしかしたら、出刃打ちを呼び出したのは仲間かもしれんな」

辰造はお妙に目を向けて、

「このかたがおかしな話をしているので往生しております。お嬢さまは体の調子がお悪いのですから、お蒲団に戻っていてください」

「……辰造……もういいでしょう」

お妙の表情は沈んでいる。先に会ったときに比べて頰はこけて見えた。目の下に隈《くま》ができているのは、体調だけのせいには見えない。

辰造は、ちらっと奥の座敷を見つめる。

「辰造……棒術を披露したいとでも考えているのならやめておけ」

「はて……なんのことやら」

「いい加減にせぬか。お妙さんはすでに覚悟を決めておる」

辰造はお妙に面《おもて》を向けると、

「お嬢さま……ご心配なく。私がお守りいたします」

そう言って、辰造は機敏に立ち上がると、となりの部屋に移った。その動きはただの下男とは思えぬほどの身のこなしである。伸十郎は、にやりとする。

開いた襖の間から辰造が戻ってきた。手に六尺棒を携えていた。

「その棒でどうするつもりだ」

「伸十郎さま……いまの話を誰かにされましたか？」

「いや、ここに来るまでは確たる自信はなかったからな。誰にも話はしておらん」

「ならば、ここで死んでいただけたら真相がばれることはありますまい」

「……その言葉つき。辰造、おぬしは元武士か」

「過去のことなどどうでもよろしい……問題はいまです」

「なるほど……しかし、私を殺したところで誰かがまたこの謎を解くときが出てくるはずだ」

「その前に私たちは逃げてしまえばそれで終わりです。いや……旦那さまがなんとかしてくれることでしょう」

松之助は、ううむと唸りながら、

「いまの話はまるででたらめでしょう。第一、証拠がまったくない。そもそも辰造やお妙がそんなことをやる必要はありませんよ」

反論しながらも息が荒くなっている。

「見世物小屋用の出刃には刃がない。つまり刃引きされたものを使っている。だが、平三郎の体に刺さっていたのは、普通の出刃包丁。これで近助がやったのではないということがわかる」

「しかし、その男が新たに買ったともいえるでしょう」

「辰造……お前は棒術を使うが、人と闘うときにいままで使ったこともないような棒を使うか」

「いや……」

「慣れたものを使うであろう。じっさい、いま手にして私を殺そうとしているのは普段から使ってるものだ」

「それは、突然でたらめなことを言われて持ち出したからだ……あらかじめ計画しているのなら、自分だとばれないように別の得物を使うかもしれぬであろう」

辰造は途中から侍言葉に変化している。

「まぁいいだろう。さっきも話した通り、いまのは私の独り言だと思ってくれてよい。私は町方ではないからな。証拠などは気にしないのだ。だが……」

「だが？」

「どうしてこんな面倒なことをしたのか、それが知りたい。平三郎を殺すなら刺客でも頼めば良かった。あるいは、もっと油断をしているときに殺す方法もあったはずだ。それに殺したのはなぜか……それが知りたいのだ」

お妙の口から、それは私が話しましょう、という言葉がこぼれた。

「お嬢さま！」

六尺棒を持ち、身構えていた辰造は、もとの下男の態度に戻って跪《ひざまず》くと、畳に手をついた。

「辰造……もういいですよ。私は疲れました……毎夜、毎夜、平三郎さまの夢を見ます。枕元に立っているような気配まで感じます。恨まれているに違いありません。もう毎夜うなされる生活に疲れました……」

お妙は、息をするのも苦しそうだ。

「……それでそんなにやつれているのか」

伸十郎の言葉にお妙は、小さく頷いた。

「あなた様の推量はだいたい合っています。山下に出刃打ちが出ているという話を聞いて利用できないかと考えました。あの日、使いをやって出刃打ちを不忍池に呼び出しました」

「なるほど……」

「一番の疑問はどうしてこんな事件を起こしたのか、ということですね？　それは、私が……」

お妙が話し出そうとした瞬間、ふたたび立ち上がった辰造が持っていた棒をくるりと回して、伸十郎に向かってきた。寸の間で避けることはできたが、鋭い棒の先が伸十郎の袖を払った。辰造は体を沈ませて、棒を構えたまま鋭い視線を伸十郎に送っている。

「やめておけ」

伸十郎は辰造の動きを測りながら叫んだ。

「うるさい。お妙さん、余計なことは言わないほうがいい。証拠はなくても町方が聞いたら拷問でもなんでもやって自白を強要する。それが町方のやり方だ」

「心配はいらんと言うておるのに」

「八丁堀のやり方はそんなものだ」

「まったく違うとは言わないが、なかにはまじめに証拠固めをする町方だっているだろう」

「とにかくお前以外は誰も知らないのだ。だからここで死んでもらえば真相は誰にも知られずに葬ることができるではないか」

「だが、私がここに来ていることは青葉屋の下男には伝えてある」

「来なかったことにすればいい」

「痕跡を消すか」

「もういい」

しゃ！

辰造が棒を頭の上でぐるんと回して上から振り下ろした。

仲十郎は、眉を顰めたまま一間下がった。背中が障子に当たった。

「もう後ろはない」

辰造が頬を歪ませた。

だが仲十郎は辰造の言葉を無視してお妙に体を向けた。

「こんなことをしても意味はないと、あんたに惚れている下男に言ってやれ」

「なんですって？」

「おや？　気がついてなかったのか」

お妙の疲労に満ちた目が辰造に向けられた。辰造の体は固まっている。

「お嬢さん……」

辰造は、なにか言いたそうな顔をした。お妙は最初こそ目を見張っていたが、そうでしたか、と小さな声で呟いた。

「それであんなことを手伝ってくれたのですね」

お妙は辰造の側に寄っていった。

「辰造……もうやめましょう。私のためにお前が危ない道を踏んでくれたことは感謝してます。でも、さきほども言いましたが、私は疲れました」

辰造はがくりと膝を折った。

「私は平三郎さまに心を寄せていました……」

「ほう」

「なに？」

声を上げたのは松之助だった。

驚きの目で、お妙、辰造、仲十郎と順に視線を送っている。

そんな父親の反応を予測していたのか、お妙は静かに続けた。

「でも、途中から平三郎さまの心は姉に移っていったのです」

「嫉妬から殺したと？」

「姉のほうが私より美しい。それに心根もやさしい……。平三郎さまの気持ちが動いたのもわかります」

「あんたと平三郎はできていたのか?」

「じつは……」

少し口ごもった。

すると、辰造がまた立ち上がって、

「そこまでだ！　もういいだろう」

突きを入れてきた。障子戸を開いて伸十郎は廊下まで逃げた。

「なにをそんなに息巻いているのだ……」

辰造の目がお妙の腹に向けられた。

「お妙……お前……」

松之助の目がひっくり返っている。

お妙の目は哀しそうだ。

「平三郎さまのお子です……」

「なんと」

お妙が寝込んでいたのはただの病ではなかった。

「だけど……私に子ができたと知ったとたんに冷たくなりました。自分の子かどうかわからない、と言い始めたのです。言うにことかいて、それは辰造の子ではないかとまで……そして、姉に手を出し始めたのです。姉は世の中に疎いので、すぐ騙されてしまうと心配になってしまいました」

「それが動機だと……」

　仲十郎の目がお妙を射る。

「事故です。最初は殺すなどとは考えてもいませんでした。ちょっと脅かしてやりたい、と考えただけです」

「しかし出刃包丁を持っていたのは、殺すつもりがあったからではないのか」

「正直に申しましょう。確かに殺すつもりで投げました。その後は、動転してしまい、何が何だか……」

「ふむ」

「私はすぐ、平三郎さまの腕をそこでみんなに見せようとそばにおりました」

「なぜだね……あぁ、入れ墨……」

「はい、平三郎さまは入れ墨者でした。私を犯すときにこんな人間に汚されたのを知れたらどうなるか、と脅しました。やがて私だけではなく姉に手を伸ばそうとしているのを知り、私は辰造さんに相談をしたのです」

「………」

仲十郎は、頷いている。

「番頭の佐兵衛《さへえ》さんが助け起こしたときには、出刃包丁が刺さっていて……」

「死んでいた」

「はい。本当に殺してしまったのだと頭が真白になりました」

「なるほど……」

「姉に気がついて欲しかったからです。衆人の前で平三郎という男がどんな人間かを知らしめようとしたのです。それには、あの日が一番の機会でした」

「…………」

仲十郎は、お妙の話を聞きながらしきりに顎を撫で回した。眉根を寄せ、唇を噛んで首を横に振っていたが、

「ちょっと待ってくれ。お妙さん、あんたは一度、投げたのだな」

「はい」

「その後、とどめは？」

「さあ……嘘ではなく覚えていないのです」

「辰造、おまえはどこにいた」

「すぐその場から離れましたが……まさかあんなことになっているとは」

「平三郎を介抱していたのは誰だ」

「番頭の佐兵衛さんです」

仲十郎の目が光った。

「殺したは、その佐兵衛だ」

みんなの目が丸くなった。

「つまりこういうことだ。平三郎の背中には二度刺された傷があった。ひとつは浅い。もうひとつは死因となった傷。お妙さんは一度しか刺してはおらぬ。投げた出刃だ。あの傷では人は死なぬ。佐兵衛が抱き起こすとみせて、止めを刺したのだ」

そのとき、柱の陰で、きゃ！　っという声があがった。全員が振り向くとそこに佇んでいたのは、お志乃であった……。

「佐兵衛はどこだ」

仲十郎が大声を出した。

「佐兵衛さんは今日は、病らしくお休みしています」

お志乃が消え入るような声で答えた。

「どうしてお前がここに？」

松之助が眉を顰めた。

「お父つぁんが仲十郎さんと一緒に出ていったと聞きましたので。なにかあるのかと思い……」

松之助は、唸っている。

十

仲十郎は、佐兵衛は住み込みかどうかを訊いた。店に近い本町の長屋に住んでいるらしい。

「よし、辰造、案内せい」

辰造は、六尺棒を引っ担いだ。

お志乃が一緒に行くと言いだした。松之助にここに来た理由をしつこく問われても、首を振るだけである。仲十郎はふたりの間に入り、

「まぁいい、後で訊け。いまは佐兵衛を捕まえることのほうが大事だ」

「どうして佐兵衛が下手人なんです」

松之助は腑に落ちないという顔をしている。

「動機はわからんが、介抱をしているふりをして刺したのだ。でなければ話の平仄《ひょうそく》

があわない」

やさしい目になると、お妙に告げた。

「心配するな。あんたは人殺しではない」

「本当ですか」

「間違いない」

仲十郎は駕籠屋を呼べるかと松之助に問う。松之助は懇意にしている駕籠かきが木母寺のすぐそばにいると答えた。寮から帰るときにいつも利用しているらしい。

仲十郎は辰造にすぐ駕籠を二挺呼んでくるように指示をした。するとお志乃が前に出て、三挺ですと青い顔で呟いた。

しかし、辰造が言うには駕籠は出払っているという。そこで、辰造が自分は走っていくからいいと自信あり気に棒を叩いた。

二人は、後から追いかけるというお志乃を残して駆け出した。

雨は上がっていた。通りの道はぬかるんでいる。雨上がりの匂いがそこここから漂ってくる。

駕籠は、大川を下り大川橋を渡り、日本橋に入る。

本町は、雨上がりとともに人が出てきたらしい。大勢の客が傘の水切りをしながら、そぞろ歩いている。

辰造は駆け足で駕籠屋を先導している。

やがて、本町から宝町にいく筋のところで駕籠は止まった。

木戸番に辰造が佐兵衛はいるかどうか問うと、さっき浪人がひとり訪ねてきている、と答えた。

「浪人?」

辰造は不思議そうな顔をする。佐兵衛と浪人が一緒とは珍しいと呟く。伸十郎は、すぐ相手が誰なのかわかるだろう、と厳しい顔つきで答えた。

「私に少し心当たりがある」

伸十郎がにやりと口を歪めた。辰造が怪訝な目つきをする。

「一度刺客に狙われたことがあった」

「その刺客だと?」

「おそらくな」

伸十郎は刺客に会えるのが楽しみのような顔付きをしている。辰造は、

「あなた様は不思議なお人ですなぁ」

侍とも町人ともいえぬ言葉で感心している。

「そうか」

仲十郎は意に介さず、懐手をした。

「ところで辰造、おぬしは元侍だったのか」

「じつは……元は前田家の家臣でした。あることのために江戸に出てきたのですが」

「敵討ちか」

「……どうしてそれを？」

「あはは、あてずっぽうさ」

目を丸くしている辰造を尻目に、仲十郎は講釈師のように語り始めた。

「さしずめ、最初は国元からの仕送りがあったのであろうが、やがてそれが止まった。食えなくなって、伊丹屋の下男として身をやつしながら、きたる日を待っている、というところか」

「……国元からの仕送りがなくなったのは当たってますが、その後は違います。伊丹屋の下男になったのは国元の連中とのよけいな繫がりを絶ちたかったからです。敵討ちなどつまらぬものです」

「ほう」

「自分の存在を消したかったのです」

「仇はいまどうしておるのだ」

「さぁ……わかりません」

仲十郎は、ふっと顔を崩して、

「まさか平三郎がその仇で、お前が殺したというわけではあるまいなぁ」

冗談とも本気ともつかぬ声で、仲十郎は辰造を見つめた。

「ご冗談でしょう。そんな都合のいい話があったら、いま頃はとっくに私はあの寮を出ています」

「ごもっとも」

ふたりで笑い声を上げた。

仲十郎は満足気な目で辰造を見ると、足を止めて、

「あの長屋です」

辰造が指さした。

長屋といっても九尺二間の貧乏長屋ではない。棟割りではあるが二階もあった。けっこうなところに住んでいる、と仲十郎は呟いた。

「伊丹屋あたりの番頭ともなると、このくらいはそれほど負担にはなりません」

そんなものかと伸十郎は答えた。

家の前に立つと、辰造がどんどんと障子戸を叩き、佐兵衛の名を呼んだ。

すぐ戸が開いて、のっぺり顔の男が顔を出した。目はつり上がって鼻が突き出ている。頬骨がごつごつした感じは太った猪を思わせる。

「おや、辰造さん……どうしてこんなところに？」

「それより病で休んでいるのではなかったのですかい？　なにやら血色はよさそうだが……」

「いや、朝は……」

そこまで言いかけると、後ろに伸十郎が控えていることに気がつき、あっと小さく声を漏らした。

「その驚きから見ると、私を知っているらしい」

「い、いえ……そんなことはありません。辰造さんおひとりだと思ったのが、青葉屋さんの用心棒というお方と一緒だったので驚いただけです」

「わははは。語るに落ちたな。私は初対面なのに、どうして青葉屋の用心棒と知っておるのだ」

「…………」

佐兵衛は戸を閉めようとした。辰造が棒を使ってつっかえさせた。

と、佐兵衛は後ろに向かって大きな声をだした。誰かの名を呼んだのだ。浪人が土間に降りてきた。木戸番が見た浪人だろう。無精髭にぼうぼうの月代。そして頬に小さな傷があった。

「わはは、やはりおぬしか」

仲十郎は、大声で笑った。

浪人は不機嫌そうな顔付きで、佐兵衛をどんと突き飛ばして、

「ひょんなところで会うたものよ」

「刺客の雇い主がこんなところに住んでいるとは気がつかなかった」

「誰が雇い主なものか、佐兵衛は儂の弟だ」

「なんと」

仲十郎はあんぐりと口を開く。

「だから、ここにいてもおかしな話ではあるまい」

「なるほど。だが、佐兵衛は人殺しでおぬしが刺客だとしたら笑っている場合ではなくなるのだが」

「…………」

「たしか伊賀谷冬馬とかいうたな」

「それがどうした」

「私を狙ったのは平三郎殺しを探索していると知ったからか」

「はて……」

「まさか私を襲ったことまで忘れたとは言うまい」

「……まぁ、ここまできたらお前を殺すしかないか」

伊賀谷は柄をとんとんと叩いた。

「お前たち兄弟は伊丹屋を乗っ取るつもりでもあったのか」

そこに佐兵衛が出てきた。

「兄貴……こんなやつ、とっとと斬り捨ててくれ。ついでに、あの辰造という男もだ」

仲十郎は、呆れたように片眉を動かして、

「私たちを斬ったところで、平三郎殺しは動かせぬぞ」

「誰がそんなことを信じるものですか。平三郎を殺したのはお妙なのですから。町方におそれながら、と訴えてもいいのですよ」

「ほう、どうしてお妙がやったと言い切れる」

「そばで見ていたからですよ」

「見ていた？　お前は介抱しただけだろう」

「お妙に刺されたから驚いて、介抱してやろうとそばに寄ったまででございます」

皮肉な笑みを浮かべた仲十郎が吐き出した。

「兄弟でも言葉遣いがまったく違うものだ」

「それは仕事柄でございます」

「しかし、兄が浪人ということは、お前も元は侍か」

「私は幼き頃に家を出ました。だから侍の世界はよく知りません」

「なるほど……だが兄弟とも人を殺すのが生業《なりわい》とはな」

その言葉に、兄弟は仲十郎を同じように睨みつけた。

「わはは。その陰険な目つきはよく似ておる」

とうとう兄の冬馬が焦《じ》れた。

「こんな下らぬ問答を繰り返していてもしょうがあるまい。おい、そこの唐変木」

「佐兵衛、兄が呼んでるぞ」

仲十郎の冗談に、ちっと舌打ちをする佐兵衛を見て、冬馬はお前は下がっていろ、と命じた。

「おい……今日は逃げるなよ」

冬馬は、仲十郎を見定める。

「どうしてもやろうというのか」

「儂はお前のようなへらへらした野郎が大嫌いなのだ」

「それだけで命を狙われたらいくらあっても足りぬなぁ」

しれっとした顔で笑っている仲十郎に、冬馬はますます肩を怒らせる。

「お遊びはここまでだ、ついてこい」

「どこに」

「その先に河原があるのだ」

「なるほどそこで戦おうというのか」

じろりと仲十郎を睨んだ冬馬は、それ以上言葉を発せずに懐手をしたまま歩き始めた。仲十郎は辰造に佐兵衛を逃がすな、と告げて、

「ちと遊んでくる」

物見遊山でもするような言い方をして、冬馬の後を追った。

十一

雨は完全に上がっている。そぞろ歩く人たちの間を冬馬と伸十郎は縫うように歩いた。このふたりの関係を知らぬと、仲のいい同輩が肩を並べているように見えることだろう。

河原に降りると、冬馬は振り向き様に刀を抜いて迫ってきた。

「おっとっと、いきなりはひどいなぁ」

のんびりとした声のわりには、伸十郎の動作は素早かった。切っ先を避けるとさっと鯉口を切り、そのまま横に薙《な》ぎ払った。さすがに、冬馬もそれはうまく避けた。お互い、青眼に構え直して対峙する。

「おぬしたち元は旗本か」

「どうしてそんなことを訊く」

「ただの興味だ」

「ふん代々、四国の藩に勤める下級の家臣さ。だが祖父の代になにかしくじりをしてそのままだ。家ではその話はご法度《はっと》だから、祖父がどんな失敗を犯したのかは教えてもらってはおらぬ。もっとも、聞かされたところでいまさら仕方がない。父はいわゆる傘張り浪人を地でいっておった」

「……………」

「弟は自分で家を出て商売人になった。だがおれは侍をやめることができずにこのざまよ」

「そうか……」

「身の上話などしても無駄だ」

しゃ！

冬馬は、ささっと前に進んで上段から斬り下ろしてきた。

仲十郎は、自分めがけて進んでくる冬馬の切っ先から横に逃げた。青眼から八双に構え直して、袈裟に斬る。

しかし、冬馬はそれを跳ね返して振り下ろした。仲十郎は左に体を沈めて逆袈裟に振り上げ冬馬の腕を斬った。

呻きながら冬馬は刀を落とした。

仲十郎はすぐさま冬馬のそばに行き、刃を峰に返すとそのまま肩を打ち据えた。

「命は助けてやろう。おぬしが殺したわけではなさそうだからな」

「く……」

「足は元気だ。歩けるだろう」

腕を持ち上げると、冬馬は仕方なしに立ち上がり、仲十郎の腕に寄り添って一緒に歩き出した。

「なぜ佐兵衛は平三郎を殺したのだ」

「それは知らん」

「兄にも内緒でやったとは思えんが」

「あいつは子どもの頃から気性が荒かったのだ。おれよりもな」

「ほう」

「儂が見ている限りでは、お志乃さん絡みのような気がするがな」

「お志乃さん？」

仲十郎は、目を細めた。

「これは意外な展開になってきた」

「なにか気がついたのか」

「戻ればわかる」

「……おぬしは嫌な男だな」

「私が？」

「周りに言われぬか」

「そういえば、つい最近似たような言葉を聞いたような気がする」

ふふふっと思い出し笑いをした伸十郎を、冬馬は気持ち悪そうに見ているだけであった。

長屋に戻ると、玄関前で佐兵衛と辰造がにらみ合っているところだった。

「佐兵衛が逃げようとしたのです」

棒を構えながら、辰造が叫んだ。

伸十郎は、面白そうな顔をしてだまって成り行きをみている。

手をぶらぶらさせている冬馬を見て、佐兵衛ははっとした顔つきになった。すぐさま体を捻ると木戸に向かって逃げ出した。だが、その瞬間、辰造の棒が佐兵衛の後ろ姿に向けて一直線に飛んでいった。

「う……」

棒は走る佐兵衛の股の間に挟まった、佐兵衛は転げるように道に倒れた。

「お見事」

仲十郎は声をかけると、足をさすっている佐兵衛のそばに寄って、

「さて、あの娘とはどういう関わりがあるのか教えてもらおうか」

指差した先には、後から仲十郎と辰造を追いかけてきた松之助とお志乃が駕籠から降りて佇《たたず》んでいた。

お志乃の顔を見た佐兵衛は顔を歪ませる。

「なにも喋ることなどありませんよ」

「ならば……また独り言を言うてみようか……」

仲十郎は佐兵衛を井戸端まで引っ張っていった。松之助もついていく。

長屋の連中が顔を出して、なにごとかという目つきをする。

「周りの目がある。こんなところでは話ができぬ。伊丹屋、近所に料理屋など知らぬか」

料理屋?　と松之助が目を丸くしていると、お志乃が前に出て私がときどき使っている店があります、と答えた。高価そうな簪が頭で揺れている。

「お前が?」

松之助の目はさらに大きくなった。仲十郎が店の名を訊くと石町《こく》にある松葉《まつば》ですと答えた。

仲十郎は、そのとき顔を出した色黒な職人風の半纏を着た長屋の男を手招きする。怪訝な顔をしながらも半纏を着た色黒の男は、仲十郎のそばにきた。仲十郎はなにやらその男に耳打ちをした。男は、頭を下げて長屋から駆け足で出ていった。

お志乃の案内で、一行は松葉という料理屋に向かった。

松之助は、お志乃がこんな場所で料理屋に案内できることを不審に思いながら、佐兵衛を見つめた。佐兵衛も道を知っているようである。それに気がつき松之助の顔は真《ま》っ赤《か》になった。

「佐兵衛！　お前がお志乃をたぶらかしたのか！」

首ねっこを摑んだ。

「ふん……」

辰造に後ろから棒で突かれながら歩いている佐兵衛は、横目で松之助を睨みながら、

「親は強欲だが、娘は真逆な性格だってのはおかしいもんですねぇ」

「なんだと？」

お志乃がそばに寄ってきて、松之助の手を止めた。

「やめてください」

「お前たちは……」

驚いている父親の怒りを避けるように、お志乃は目を伏せた。

「さて……」

座敷につくと、仲十郎はみんなの顔を見回す。

「これからはすべてが独り言だ……気にせず黙って聞いてくれたらいい」

仲十郎の言葉にみなは静かに頷いた。

「あるところに女にだらしない男がいた。そいつは、江戸の大店の用心棒として仕事をしていたのだが、ある日、そこの次女と情を通じた。おそらく力ずくであっただろう。それを強請《ゆす》りの種とした。大店の娘が祝言前だというのに子を宿してしまったからだ。そんな醜聞が流れるのは都合が悪い」

「ううう」

松之助は、首を垂れている。

「その次女は、仕方がないからその用心棒と祝言をあげようかと考えた。しかし、男は冷たくなり、あろうことか今度は姉に手を出そうとしていることに気がついた。元々妹は体だけが狙いだったに違いない。姉を狙うことで伊丹屋の身代は自分のものになると読んだからだ。さて、その次女に陰ながら惚れている下男がいて、ふたりは共謀し用心棒をこらしめようとした。相手の男は腕に入れ墨が入っていたのだ。犯されたときに、その事実を見た次女は、自分の身を捨ててまで姉を守ろうとしたのだろう」

「まさか……」

「もっとも、すでにその姉の気持ちは、その用心棒から離れていたのだろう。ほかに思い人ができていたのだ」

今度はお志乃がその白い顔色を青くさせた。

「あの人がやさしかったのは最初だけでした。仲十郎さまの言う通り私よりも、お店のお金がほしかった。そこに気がついたのです……」

松之助は唇をわななわなと震わせて、いまにも倒れそうに膝に手を置き体を支えている。およそあこぎな商売人という匂いは消えうせていた。

お志乃はひとり語りを続ける。

「お金を持ってこいと言われて、それを断ったら急に冷たくなりました……そんな私にある人が優しくしてくれました……」

仲十郎は、もうそこまででいい、と肩で息をしているお志乃を止めた。

「その思い人は……そろそろ名を出してもいいだろう、佐兵衛、お前だ」

名指しされた佐兵衛は、ふんと鼻で笑った。

「だが……どうして佐兵衛が平三郎を殺したのか？　ふたりにはなにか確執があったのではないかと睨んだのだがどうだ」

仲十郎は、佐兵衛を睨みつけた。

「そんなものはねぇよ」

「そうかな？　平三郎は、佐兵衛、お前の秘密を握っていたのではないのか？　その秘密がばれたらお志乃さんとの仲はご破算となる」

ちっと舌打ちをして、佐兵衛は話し始めた。

「もうこうなったらしょうがねぇ。教えてやろう。兄貴とふたりで置き忘れたようになっている小さな荷駄に手を出したのだ。すると、簪やら櫛《くし》などが入っていた。俺はそのひとつをある女に贈った。その話をしているのを平三郎が陰から聞いていたのだ。それで、脅されたのよ」

お志乃の体から力がどんどん抜けていく。

「あの平三郎という野郎はかなりの悪党だ。京の方では名うての盗っ人だったらしい。だが二度捕まり、江戸に出てきたとたん、伊丹屋という大店の用心棒になれたと偉そうに笑っていたほどだ」

松之助が悔しそうな顔をする。

そこに清士郎と伊之助が姿を見せた。さっき伸十郎が半纏を着た職人風の男に耳打ちしたのは、清士郎たちをこの場に呼ぶように言付けたのだった。

「ちょうどいいところにきた、この男の顔を見てなにか感じぬか」

「誰だこいつは……」

早足で来たのか、汗を吹き出させながら清士郎は怪訝な目つきで佐兵衛を凝視した。伊之助も手ぬぐいで額や脇の下を拭いている。

「おや？　目の下に小さな黒子があるが……じつは近頃、荷駄から簪が抜き取られた事件があった。誰かが売りに来るのではないか、と故買屋に手を回していたのだが、手ぬぐいで顔を隠した男が売りに来たという話を仕入れていたのだ」

「そうだ、その話を思い出したのだ。だから高積同心に来てもらった。佐兵衛、お前は平三郎に盗みを知られたのではないのか。それをばらすと脅されて殺したのであろう！」

佐兵衛は、横を向いている。

「伊丹屋の番頭がどうしてそんなばかなことをしたのだ！」

「ふん……京に店があった頃から数えたら奉公して二十年以上だ。いつまで経っても自分の店を持たせてくれねえ。そんな主人に仕えているのがしだいにばかばかしくなってきたのよ……」

「……お前にはのれん分けをさせてもらうだけの力量がなかったのだろうよ」

松之助は、伸十郎の言葉に何度も頷いている。

叫び声が聞こえた。

「佐兵衛さん！　どうして！　どうして……」

お志乃が佐兵衛にしがみつき、やがて崩れ落ちていった。

十二

それからひと月が過ぎた頃――。

えい！

や！

とう！

元気な声が響いている。

ここは目黒。以前百姓屋だった家が剣術道場に改築されていた。

周りはまだ整備されておらず、門もまだないが杭のようなものが打ち付けられていて、そこには看板が掛けてあった。

「九鬼神流《くきしん》棒術指南　大田沢《おおたざわ》辰造」

と墨書されていた。

井戸の前で腹が大きくなった女が水くみをしていた。

伸十郎はお登志と一緒に女の後ろに立った。

「まぁ、伸十郎さま……それに……」

女はお登志を見て怪訝な表情をする。

「あぁこちらは青葉屋のお登志さんだ」

伸十郎が照れながら紹介した。

「まぁ、そうでしたか。この度は伸十郎さまにはひとかたならぬお世話になりました。お礼を申し上げます」

にこりと笑みを見せたのはお妙であった。いまは顔色もよくなっていた。

「お体はどうですか？」

「おかげさまでつわりも楽になり、安定しております……ときどき、お腹を蹴飛ばされます。元気な子です」

「それはそれは」

仲十郎は、はつらつとした掛け声を聞きながら、

「いい道場だ」

と呟いた。それを聞いたお登志はにんまりして、

「本当は仲さんがいただくはずだったのにねぇ。残念でしたこと」

「いや、これでいいのだ。私はお登志さんの許しを得るまでは少し我慢せねばな」

「まぁ殊勝なお心構えですこと」

ふたりの掛け合いをにこにこしながら聞いていたお妙が、お待ちくださいと言って早足で離れると、道場に向かって、辰造さん！　と大声を出した。

なんだ、といって辰造が汗を垂らしながら顔を見せた。仲十郎の顔を見ると破顔して縁側から降りてきた。

「仲十郎さま……」

ていねいにおじぎをする。お妙が前垂れで水を切りながら並んだ。

「なかなか似合いのふたりだな」

仲十郎の言葉にふたりはにこりと目を合わせる。

辰造の仇は、清士郎の調べですでに亡くなっていることが判明していた。したがっ

て辰造は晴れて表に出ることができるようになっていたのである。

「しかし、大田沢とはな。大げさな名だ」

仲十郎の言葉に照れ笑いをする辰造の胴衣から、鍛《きた》えられた腕や胸が見えている。

「伊丹屋も粋なことをする」

「申し訳ありません。本来ここは……」

「気にするな。伊丹屋にどうしてもお前に道場主をやらせたいと頭を下げられたのだ。いいところがあるではないか、あの業つくばりも」

「はい」

苦笑する辰造にお妙も一緒になって微笑んだ。

お登志がふたりを交互に見ながら、

「辰造さんはすばらしいお方。お子の父は自分だと申して育てる覚悟を決めるとは」

「いえいえ……私がお妙さんにできるのはそんなことだけですから」

「お妙さん……あなた辰造さんを大事にしないとねぇ」

お登志の言葉にお妙は、はいと声を出して、辰造に向き直る。

「いまはここの道場主の大田沢辰造であり、そして……私の大事な旦那さまです
……」

お妙の瞳から大粒の涙が流れ出した。

お登志も袖を目に当てた。

辰造は、顔をくしゃくしゃにして言葉も出ない。

「お志乃さんは、なにやら尼寺に入ったとか」

仲十郎が静かに問う。

「はい……姉は殺された人を弔いたいと申しまして……それと好いた人に裏切られたのがよほど耐えられなかったとみえます」

「そうですか」

お登志はそれ以上の言葉が見つからないらしい。仲十郎も神妙な顔つきで、

「お志乃さんはお志乃さんなりの生き方を選んだのだ。それはそれで祝福してあげよう」

「そうですね……」

道場を指さして、ひとつ手合わせをしてくださいという辰造の申し出を断った仲十郎は、また来ると言って道場から離れた。

「仲さん……うらやましいのではありませんか？」

お登志が、いつもと異なりやさしい声をかけた。

「なにがだ」

「いまごろ、あの道場はあなたさまの持ち物になっていたのですから」

「人はそれぞれ分というものがある。道場持ちになるにはまだ早い、という天からのお達しだろう」

「そうなのですか？」

「時節がくれば、私も道場主になれよう。それに甚助さんやお登志さんがいろいろ探してくれていることだし」

「そうねぇ、その日が早くくればいいですね」

お登志の目はいつになく柔らかい。

「今日は、尾頭つきの鯛でも頼みましょう」

張りきったお登志の声に、仲十郎はふっとため息をついた。

「そうです！　せっかく目黒まで来たのですから、お不動さんにもお参りをしていきましょう。そして帰りには桐屋によって目黒名物の飴《あめ》を買って帰りましょう」

仲十郎は、首を掻き続けている。

とんびが中天に輪を描いている。

その下には目黒不動の大きな黒い屋根がそびえていた。

空がいつになく青い。
仲十郎はそろそろ夏だな、と呟いた。
初夏の陽光がふたりの影を作っていた。

気まぐれ用心棒　深川日記

一〇〇字書評

切り取り線

購買動機（新聞、雑誌名を記入するか、あるいは○をつけてください）	
□（　　　　　　　　　　　　　　　）の広告を見て	
□（　　　　　　　　　　　　　　　）の書評を見て	
□ 知人のすすめで	□ タイトルに惹かれて
□ カバーが良かったから	□ 内容が面白そうだから
□ 好きな作家だから	□ 好きな分野の本だから

・最近、最も感銘を受けた作品名をお書き下さい

・あなたのお好きな作家名をお書き下さい

・その他、ご要望がありましたらお書き下さい

住所	〒				
氏名		職業		年齢	
Eメール	※携帯には配信できません		新刊情報等のメール配信を 希望する・しない		

この本の感想を、編集部までお寄せいただけたらありがたく存じます。今後の企画の参考にさせていただきます。Eメールでも結構です。

いただいた「一〇〇字書評」は、新聞・雑誌等に紹介させていただくことがあります。その場合はお礼として特製図書カードを差し上げます。

前ページの原稿用紙に書評をお書きの上、切り取り、左記までお送り下さい。宛先の住所は不要です。

なお、ご記入いただいたお名前、ご住所等は、書評紹介の事前了解、謝礼のお届けのためだけに利用し、そのほかの目的のために利用することはありません。

〒一〇一－八七〇一
祥伝社文庫編集長　坂口芳和
電話　〇三（三二六五）二〇八〇

祥伝社ホームページの「ブックレビュー」からも、書き込めます。

http://www.shodensha.co.jp/bookreview/

祥伝社文庫

気《き》まぐれ用心棒《ようじんぼう》 深川日記《ふかがわにつき》

平成23年 6月20日 初版第1刷発行

著 者 聖《ひじり》 龍人《りゅうと》
発行者 竹内和芳
発行所 祥伝社《しょうでんしゃ》
東京都千代田区神田神保町 3-3
〒101-8701
電話 03（3265）2081（販売部）
電話 03（3265）2080（編集部）
電話 03（3265）3622（業務部）
http://www.shodensha.co.jp/

印刷所 堀内印刷
製本所 積信堂

 ISBN978-4-396-33687-5 C0193

祥伝社文庫の好評既刊

逆井辰一郎　押しかけ花嫁　見懲らし同心事件帖③

許してはならぬ罪、許すべき罪を見極め、本当の〝悪〟を退治する、見懲らし同心佐平太が行く！　人気の第三弾！

梶山季之　辻斬り秘帖

江戸市中で辻斬りが横行。そんな矢先、同僚が刺殺される。しかも、局部を切り取られ。痴情のもつれか…。

風野真知雄　われ、謙信なりせば　新装版

秀吉の死に天下を睨《にら》む家康。誰を叩き誰と組むか、脳裏によぎった男は上杉景勝と陪臣《ばいしん》・直江兼続だった

風野真知雄　奇策

伊達政宗軍二万。対するは老将率いる四千の兵。圧倒的不利の中、伊達軍を翻弄した「北の関ヶ原」とは!?

風野真知雄　勝小吉事件帖

勝海舟の父、最強にして最低の親ばか小吉が座敷牢から難事件をバッタバッタと解決する。

風野真知雄　罰当《ばちあ》て侍

赤穂浪士ただ一人の生き残り、寺坂吉右衛門。そんな彼の前に奇妙な事件が舞い込んだ。あの剣の冴えを再び…。

祥伝社文庫の好評既刊

小杉健治
八丁堀殺し 風烈廻り与力・青柳剣一郎③
闇に悲鳴が轟《とどろ》く。剣一郎が駆けつけると、同僚が斬殺されていた。八丁堀を震撼させる与力殺しの幕開け…。

小杉健治
二十六夜待
過去に疵《きず》のある男と岡っ引きの相克、情と怨讐。縄田一男氏激賞の著者ならではの、〝泣ける〟捕物帳。

小杉健治
刺客殺し 風烈廻り与力・青柳剣一郎④
江戸で首をざっくり斬られた武士の死体が見つかる。それは絶命剣によるもの。同門の浦里左源太の技か!?

小杉健治
七福神殺し 風烈廻り与力・青柳剣一郎⑤
人を殺さず狙うのは悪徳商人、義賊「七福神」が次々と何者かの手に…。真相を追う剣一郎にも刺客が迫る。

小杉健治
夜《よ》烏《がらす》殺し 風烈廻り与力・青柳剣一郎⑥
冷酷無比の大盗賊・夜烏の十兵衛が、青柳剣一郎への復讐のため、江戸に戻ってきた。犯行予告の刻限が迫る!

小杉健治
女形《おやま》殺し 風烈廻り与力・青柳剣一郎⑦
「おとっつあんは無実なんです」父の斬首刑は執行され、さらに兄にまで濡れ衣が…真相究明に剣一郎が奔走する!